W0411732

Weimar Anekdoten

Von Würsten, Fürsten, Goethe, Liszt und Tücke

Bernhard Hecker

Weimar Anekdoten

Von Würsten, Fürsten, Goethe, Liszt und Tücke

Wartburg Verlag

Die Deutsche Bibliothek – CIP-Einheitsaufnahme

Weimar-Anekdoten : von Würsten, Fürsten, Goethe, Liszt und Tücke / Bernhard Hecker. – 1. Aufl. – Weimar ; Jena : Wartburg-Verl., 1995
ISBN 3-86160-136-2
NE: Hecker, Bernhard

ISBN 3-86160-136-2
1. Auflage
© Wartburg Verlag GmbH Weimar und Jena 1995
Umschlaggestaltung: G. Ruth Mossner

Satz und Druck: Gutenberg Druckerei GmbH Weimar
Binden: Kunst- und Verlagsbuchbinderei Leipzig

Unsere Freundin mit Witz: die Anekdote

Weimars Hofschauspieler Karl Hettstedt wird vom Richter dazu verdonnert, sich bei einem angesehenen Bürger, den er auf der Bühne verspottet hat, zu entschuldigen. Hettstedt entledigt sich der unangenehmen Pflicht auf seine Art: „Guten Tag. Ach, sagen Sie, wohnt hier nicht der Herr Müller?“ Auf die verwunderte Antwort des beleidigten Herrn namens Schade „Aber nein!“ entgegnet der Schauspieler „Schade – dann entschuldigen Sie bitte!“

Kompletter Schauplatz- und Personenwechsel: Der Clown Paolo Fratellini begegnet seinem Bankier, mit dem er ein Hühnchen zu rupfen hat, in Paris auf der Straße. „Sie Idiot!“ schreit der Mann vom Zirkus im Zorn. Der Geldmensch ist aufs schwerste gekränkt und verklagt Fratellini wegen Beleidigung. Der Richter entscheidet, daß der Artist sich zu entschuldigen habe.

Fratellini kommt, öffnet die Tür zum Zimmer, steckt seinen Kopf hinein und fragt: „Wohnt hier der Industrielle Spolla?“ „Aber nein, Herr Fratellini“, sagt der Bankier. „Dann bitte ich vielmals um Entschuldigung!“ ruft der Clown – und entschwindet.

Nanu, fragt sich der überraschte Leser, hat da ein Entschuldiger vom anderen oder gar ein Anekdotenerfinder vom anderen abgeguckt? Das Geschichtchen von der in ihrer Bedeutung heruntergespielten Entschuldigung ist bei weitem nicht der einzige Anekdoten-Doppelgänger, der durch Bücher und Zeitungsspalten geistert. Verdruß wird dieses Phänomen nur solchen Lesern bereiten, die von der Anekdote Wahrheit und nichts als die historische Wahrheit verlangen. Sie fühlen sich geradezu berechtigt zu dieser Erwartung, denn kommt die Anekdote nicht daher mit dem Anspruch auf Wahrheit? Treten in ihr nicht historische Persönlichkeiten vor konkretem lokalem Hintergrund auf?

Wer sich dergestalt enttäuscht sieht, könnte die Anekdote für eine, wenn auch charmante, Betrügerin halten und tut ihr unrecht. Ein kluger Italiener hat ihre Ehre mit der unübertroffenen Formulierung gerettet: „Se non è vero – è ben trovato“: wenn es nicht wahr ist, ist's doch gut erfunden. Nämlich so gut erfunden, daß dem Leser das Gefühl vermittelt wird, so könnte es gewesen sein, ohne daß sich der Sachverhalt beschwören ließe. Wenn er schon erfinden muß, der Anekdotenschreiber, dann sollte er „gut erfinden“, eben keinen anachronistischen Unsinn, sondern Begebenheiten, die sich zur Historie verhalten wie Gewürze zum Brei, sie aber nicht fälschen, also den Brei nicht ungenießbar machen.

Zum ersten Mal wird in dem vorliegenden Büchlein der Versuch unternommen, ein Porträt der Stadt Weimar in Anekdoten zu zeichnen. Die kleinen Geschichten aus der Vergangenheit sind fast alle irgendwo und irgendwann einmal gedruckt erschienen. Sie wurden mitunter aus längeren Texten herausgefiltert, manchmal gekürzt, bearbeitet oder, wo nötig, aus der thüringischen

Mundart ins Schriftdeutsche übertragen. Die Beiträge aus der jüngsten, der Nachkriegsgeschichte, sind wiederum fast alle noch nie gedruckt erschienen, also Anekdoten im ursprünglichen griechischen Wortsinne (anekdoten: nicht herausgegeben, mündlich überliefert). Als Zeitzeuge und Sammler verbürge ich mich dafür, daß sie wahr sind, was selbst der besten Erfindung vorzuziehen ist. Den strengen Anforderungen des literarischen Genres werden wohl, wie auch in anderen Sammlungen, nicht alle Beiträge gerecht. Auf den folgenden Seiten tummeln sich die Anekdoten neben ihren Geschwistern und Halbgeschwistern, neben pointenlosen Begebenheiten, Witzen, Wortspielen, Apercus, Ondits, die sämtlich nur eines zum Hintergrund haben: die Stadt Weimar, jenes seltsame Gemeinwesen in der leider bald ganz mit Stein ausgefüllten Mulde zwischen Ettersberg und Belvedere.

Ein anekdotischer Streifzug durch die Stadtgeschichte bis zum Anfang unseres Jahrhunderts soll die Sammlung eröffnen. Wenn sie nicht schon im Jahr 975, dem Jahr der mutmaßlich ersten urkundlichen Erwähnung, anfängt, sondern erst 1533, dann deshalb, weil es mir trotz angestrengten Bemühens nicht gelungen ist, Anekdotenähnliches aus früherer Zeit aufzustöbern.

Wann beginnt Geschichte? Zur Tausendjahrfeier 1975 blamierte sich ein Stadtrat in wahrhaft historischer Dimension, als er einem Westjournalisten in den Block diktierte, die Geschichte Weimars habe eigentlich erst im Jahre 1945 begonnen. Expressis verbis wird ein vergleichbarer Schwachsinn, bezogen auf das Jahr 1989, zwar nicht verbreitet, aber es gibt zweifellos Menschen, die das gern hörten, wenn es nur jemand auszusprechen wagte. Über das Leben zwischen 1945 und heute versucht das Schlußkapitel ein wenig Aufklärungsarbeit zu leisten. Nein, die Geschichte dieser menschlichen Ansiedlung beginnt vor 1989, vor 1945, vor 1533, und selbst vor 975 werden im Nebel des Ilmtals einige Bewohner mit dem Kampf ums tägliche Überleben beschäftigt gewesen sein.

Auf den unmittelbar folgenden Seiten ist viel vom Umgang der Obrigkeit mit dem gemeinen Volk die Rede, und wir begegnen den Großherzögen, namentlich Carl August und dem Enkel, Carl Alexander. Bei aller Unterschiedlichkeit der Charaktere – handfest der eine, ein Freund der großen Politik, der Frauen, der Jagd und der Hunde, ein in sich gekehrter Kunstliebhaber der andere – haben beide Herren gemeinsam, daß eine große Zahl Anekdoten von ihrer Popularität kündet. Kernig, umwölkt von Tabakrauch, umtönt von Hundegebell, Carl August; eher schüchtern, gehemmt durch einen Sprachfehler, Carl Alexander, so pflegten sie den Umgang mit ihren Bürgern, bei dem ihnen keine Leibwächter im Wege standen. 1918 dankte Wilhelm Ernst, der ziemlich unbeliebt war und folglich keine Anekdoten hinterließ, sang- und klanglos ab und verzichtete für alle Zeiten auf den „Tron“, wie er eigensinnigerweise schrieb.

Heute kein Ansprechpartner

Bevor die Franziskaner nach der Reformation 1533 das Kloster in Weimar verließen, zogen sie zum Grab des Herzogs Wilhelm III., um ihn um Hilfe anzuflehen. Der Pater Guardian klopfte mit seinem Stab auf des Fürsten eherne Grabplatte. Der Bürgermeister, der den Befehl des neuen Herzogs auf Ausweisung der Mönche auszuführen hatte, wurde ungeduldig: „Heute hört der Herzog nicht, ich weiß nicht, ob morgen."

Das Wort des Teufels

In der Altstadt begegnet man noch hin und wieder der Abkürzung VDMIAE, dem Wahlspruch der ernestinischen Fürsten in der Reformationszeit: Verbum domini manet in aeternum (Das Wort des Herrn bleibt in Ewigkeit). Die Buchstabenfolge ist noch, wenn auch schwer lesbar, am Hauszeichen des „Schwarzen Bären" am Markt zu finden.

Die sächsisch-thüringischen Fürsten ließen die Buchstaben nicht nur an Gebäuden, sondern auch an den rechten Ärmeln ihrer Kleider und der ihrer Hofdiener anbringen. Auf dem Reichstag zu Augsburg im Jahr 1530 hatte der Erzbischof von Salzburg, einer der Hauptgegner der Reformation, Kardinal Matthäus Lang, nach einem Blick auf den Ärmel des Kurprinzen Johann Friedrich die dort eingestickten Worte so gedeutet: „Verbum domini manet in Aermel". Schlagfertig entgegnete der spätere Kurfürst Johann Friedrich der Großmütige (er ist in der Stadtkirche beigesetzt): „Verbum diaboli manet in archi episcopis“ (Das Wort des Teufels bleibt in den Erzbischöfen).

Kuh vive?

Während der Einquartierung französischer Truppen im Siebenjährigen Krieg 1757, die eine große Plage für die hiesige Bevölkerung war, wurde ein braver Ackerbürger von einer französischen Wache angerufen: „Qui vive?“ (Wer da?). Der Mann glaubte, er sei nach seinen Kühen gefragt worden, und entgegnete seufzend: „Ich hatte nur eine und die ist auch fort.“

Ansporn zum Eifer

Als die Belvederische Kegelgesellschaft einmal des Nachts im Jahr 1809 lärmend das Tor passierte, war die Folge eine besondere Verordnung im Weimarer Wochenblatt. Sie lautete: „Das herzogliche Polizeikollegium bedeutet sein ernstes Mißfallen und macht bekannt, daß es diese Gesellschaft zu 50 Talern Strafe verurteilt hat und diese dem Polizeisecretär Gille (der an der nächtlichen Ausschweifung beteiligt war) von seiner zu genießenden Besoldung im Voraus abzieht, damit dieser selbige desto schneller incassiert.“

Für faule Leute

Der Weg nach Belvedere ist lang, vor allem aber steil. Großherzog Carl August ließ deshalb auf halber Höhe eine steinerne Bank mit der Inschrift „Für faule Leute" aufstellen. Sie soll erst zu Beginn dieses Jahrhunderts verschwunden sein. Eine Buslinie und mehrere Biertankstellen machen den Verlust erträglich.

Wie Carl Elchlep dementierte, Nonne zu sein

Fastnachtstreiben fand in Weimar – abgesehen vom Mummenschanz als Indianer verkleideter Kinder – immer nur innerhalb der Etablissements statt, vorzugsweise im Stadthaus am Markt. In der Nummer 10 des Weimarischen Wochenblattes von 1816 kündigte der hohe Stadtrat einen Redoutenball im Stadthaussaal an, von dem „alle Domestiken" (Dienstboten) und „Personen, welche mit den Dienstboten in gleicher Beziehung stehen könnten", ebenso von vornherein ausgeschlossen waren wie Gäste, die die Absicht hatten, „in Stiefeln zu tanzen". Selbst Charaktermasken, die das Tragen von Stiefeln erforderten, wurde das Tanzen untersagt.

Man konnte auf derselben Redoute jedoch kräftig ins Fettnäpfchen treten, auch ohne Stiefel an den Beinen zu haben. In Nummer 18 des Blattes ließ ein Bürger Carl Elchlep eine Berichtigung einrücken, in der es hieß: „Da ich allenthalben hören muß, daß ich am 16. 2. auf der Redoute als Nonne maskiert von einem angesehenen

Herrn sehr liebreich behandelt und tractiret worden wäre, so muß ich hierdurch öffentlich bekennen, daß ich weder als Nonne noch überhaupt auf dieser Redoute zugegen gewesen bin. Dieses Bekenntnis bin ich mir besonders deswegen schuldig, weil diese Nonne unmenschlich getrunken haben soll und ich folglich in den Verdacht geraten könnte, als habe ich auf Kosten eines anderen eine derartige Unschicklichkeit mir zu Schulden kommen lassen können."

Als im Dezember der Stadtrat die nächste Redoute anzeigte, schien man aus dem Zwischenfall die nötigen Schlußfolgerungen gezogen zu haben. Bei Beibehaltung des Stiefelverbotes wurde allen Ballgästen, die nicht mit einer „anständigen Charaktermaske" erscheinen, das Tragen eins „Tabaros" (Übermantels) auferlegt. Zu allem Überfluß wurde dem Großherzoglichen Hoftanzmeister Franke in seiner Eigenschaft als Vortänzer aufgetragen, „bei vorfallenden Zuwiderhandlungen sich der Wache zu bedienen, um Ruhestörer und Widerspenstige zur Ordnung zu rufen".

Nicht der alte Fritz

Als der reichlich farblose Preußenkönig Friedrich Wilhelm III. den großherzoglichen Hof zu Weimar besuchte, begegnete Goethe einem alten thüringischen Leineweber. „Nun, mein Alter", sprach er ihn an, „Ihr seid denn auch hereingekommen, den König zu sehen?"

„Ja, Herr Geheimrat", antwortete der Weber, „aber das is ja nischt. Ich dachte, es sollte der alte Fritz sein."

Beinahe ein Grund zur Staatstrauer

Das Jagdgefolge ging einen schmalen Rain entlang. Hinter Carl August trug ein Lakai die scharf geladene Doppelflinte so unvorsichtig, daß sie losging und der Schuß mitsamt dem Knall dem Großherzog knapp am Ohr vorbeipfiff. Alle fuhren entsetzt zusammen. Carl August blickte sich um, sagte „Ochse!" und setzte seinen Weg fort.

„Gehen Sie weg, Herr Färscht!"

Carl August weilte zur Jagd bei einem Dorf des Großherzogtums, dessen Bewohner für ihre Grobheit verschrien waren. Bei seinem Rundgang sprach er einen Waldarbeiter an, der Stöcke rodete. Doch der ließ die Hoheit nicht ausreden. „Gehn Se jetzt weg, Herr Färscht, sonst springt Ihnen der Keil in die Schnauze!"

So geht das nicht

Ein Husar hatte sich bei der Jagd einen Hasen zugeeignet und ihn, wie er glaubte, listig unter der Schabracke, der Satteldecke, versteckt. Beim Reiten rutschte der Hase heraus und brachte das Pferd in solche Unruhe, daß der Husar seine liebe Not mit ihm hatte. Dem Landesfürsten war dies nicht entgangen. „Halt!" rief Carl August, „setz ab und binde deinen Hasen fest ... So, und wenn du wieder einen brauchst, so binde ihn gleich ordentlich, sonst ist das nichts!"

Immer diese Zivilisten

„Wie geht es, gnädige Frau?" fragte der Großherzog eine Dame der Weimarer Gesellschaft. „Ach, schlecht. Die Soldaten haben mir meine schönen Sachen gestohlen." „Ei, ei, eine Generalsfrau und weiß sich nicht auszudrücken. Ein Soldat stiehlt nie, ein Soldat erbeutet."

Hast du mal Feuer?

Im herzoglichen Park war Rauchen streng untersagt. Ein morgendlicher Spaziergänger dachte sich, daß es zu dieser Zeit wohl niemand merke, und steckte sich ein Pfeifchen an. Da stand wie aus dem Boden gewachsen Carl August vor ihm. „Ei, Kerl", sagte der Landesvater. „Ich glaube gar, du rauchst." „Ich kann's nicht leugnen, Königliche Hoheit. In der Morgenluft bekommt es gar zu gut." „Hm. Hast du auch Feuer?" „Das hab ich, gnädiger Herr." „So gib!" Der Herzog zündete die Zigarre an und ging seiner Wege.

Die Rechnung ohne den Herzog gemacht

Der Gastwirt Pfeifer bat den Landesherrn, ihm ein lahmes Pferd abkaufen zu dürfen, wenn es nicht so viel koste. Der pferdeliebende Carl August: „Er mag den Stallleuten ein gutes Trinkgeld geben und soll das Pferd mitnehmen."

Einige Zeit darauf sah der Herzog aus seiner Droschke, wie Pfeifer auf dem bewußten Pferd ritt. „Das ist ja wohl mein lahmer Fuchs", staunte Carl August und winkte den neuen Besitzer heran. „Höre, das Pferd ist ja nicht mehr lahm. Wie hast du das gemacht?" „Königliche Hoheit, das ist mein kleines Geheimnischen. Aber nun hätte ich noch so was. Wenn ich nur die alten Postställe kaufen könnte. Freilich müßte ich sie für einen wohlfeilen Preis kriegen; da wollte ich einen hübschen Gasthof hinstellen. Ew. Hoheit sollten Ihre Freude haben." „Die Ställe gehören der Kammer, nicht mir", gab der Souverän zu bedenken.

Nachdem er sich ein Stück entfernt hatte, meinte er: „Wahrhaftig, der versteht's. Erst prellt er mich um mein Pferd, nun will er noch den Stall dazu."

Der trockene Seebach

Oberstallmeister Friedrich Johann von Seebach war einer der engsten Freunde Carl Augusts. Einst fuhren die beiden nach Leipzig, wo sie nach damaliger Vorschrift gefragt wurden, wer sie seien. Der Großherzog antwortete dem Torschreiber: „Oberstallmeister von Seebach aus Weimar", und blickte den Mitreisenden triumphierend an, der so plötzlich seiner Persönlichkeit beraubt war. Doch dieser, ohne mit der Wimper zu zucken, gab sich zu erkennen als „Großherzog von Sachsen".

„Das Erste ist naß, das zweite naß und das Ganze trocken", lautete ein Rätsel, das Carl August auf den Namen des Freundes gemacht hatte. Ein andermal hatte sich Seebach über seinen Herrn sehr geärgert, und es war ihm unerträglich, ohne Gegenwehr und Rache das Geschehene zu vergessen. Als sie danach beim Frühstück saßen, hatten sie ihre Hunde zwischen sich. Da sah Seebach auf seinem Hund einen dicken Floh; er ergriff das blutsaugende Insekt und setzte es, ohne ein Wort zu sagen, auf den Hund seines Beleidigers.

Der Großherzog bemerkte es und schwieg. Die Blutrache war vollbracht.

Schweiß am Löffel

In der grünen Jagdpekesche, die mächtigen Hunde an seiner Seite, so jagte der Chef des Hauses Sachsen-Weimar dem Wild Angst und Schrecken ein. Nicht immer ging es ohne Sturz, Armbruch oder sonstige Verwundungen ab. Meist war es jedoch das Wild, das blutete.

Als er beim Ausweiden eines Hirsches Hand angelegt und sich dabei das Ohr mit Blut – weidmännisch: Schweiß – befleckt hatte, sagte ein Ettersburger Bauer fürsorglich: „Durchlaucht, er hat Schweiß am Löffel."

Lob der Bequemlichkeit

Nichts ging Carl August über Einfachheit und Ungezwungenheit. Der Kammerdiener Hecker, der des Herzogs abgetragene Kleider empfing, durfte sich schon zu sagen erlauben, daß Königliche Hoheit die fadenscheinig gewordene Pekesche nicht länger tragen könne. Hecker war der Anwärter auf den mit Pelz besetzten Überrock. „Was bekommst du dafür, wenn du sie veräußerst?" „Höchstens zwei Taler", war die realistische Antwort.

Carl August zog die Börse mit den Worten: „Hier hast du deine zwei Taler, laß mir meine Pekesche."

Flegel wider Willen

Großherzog Carl Friedrich kam fast jede Woche ins Jägerhaus in der Marienstraße, um die Malerin Louise Seidler zu besuchen. Die zahlreichen Jungen aus der Marienstraße standen schon an der Tür, um dem Herrn einen angemessenen Empfang zu bereiten. Regelmäßig erkundigte er sich nach ihren Namen und trug ihnen Grüße an die Eltern auf. Der als zerstreut geltende Fürst versäumte nie, auch den Jungen seines Kämmerers Hahn nach dem Namen zu fragen. Weil „Hahns Schorsch", also Georg Hahn, aus Respekt nicht zu antworten wagte, ermunterte ihn Carl Friedrich: „Ei, ei, mein Lieber, du hast wohl keine Zunge, keine Zunge, keine Zunge?" Schon um dem Herrn, der noch dazu sein Pate war, den Irrtum zu nehmen, steckte Hahns Schorsch so weit wie möglich das von allerhöchster Seite geforderte Organ heraus und sagte: „Ja, änne Zunge habe ich."

Carl Friedrich drehte sich entsetzt herum. „Pfui, du bist ein Flegel, ein Flegel, ein Flegel." Seitdem umgab Hahns Schorsch der Nimbus eines kühnen Kerls, der sich noch verstärkte, als bekannt wurde, daß er von seinem Vater für diese Szene eine kräftige Tracht Prügel bezogen hatte.

Zahnarzt im Meer der Ewigkeit

Auf zwei Rätsel, die er seinen Gästen zu lösen aufgab, war Großherzog Carl Alexander, Enkel Carl Augusts und Sohn Carl Friedrichs, rechtschaffen stolz. Da sein Repertoire jene beiden Denksportaufgaben nie überstieg, hatten sie sich in höfischen Kreisen rasch herumgesprochen wie unter Schülern die durch Indiskretion bekannt gewordenen Prüfungsfragen. Erstens: Was würden Sie tun, wenn Sie Zahnarzt wären? Die Antwort hatte zu lauten: Ich würde der Zeit den Zahn ziehen. Zweitens: Was würden Sie tun, wenn Sie Taucher wären? Antwort: Ich würde in das Meer der Ewigkeit tauchen.

Preußenkönig Friedrich Wilhelm IV., dem er auch die Rätselfragen stellte, kannte sie natürlich längst. „Majestät, was würden Sie tun, wenn Sie Zahnarzt wären?“ Der Hohenzoller überlegte eine Weile, ehe er antwortete: „Ich würde in das Meer der Ewigkeit tauchen.“

Essen fürs Trinken

Die stürmische Entwicklung des ebenfalls sachsen-weimarischen Jena zur Industriestadt und die gleichzeitige Stagnation Weimars wird häufig mit der Abneigung Großherzog Carl Alexanders gegenüber Industrieschornsteinen begründet.

Manche Chronisten bezweifeln dies, und zwar mit gutem Grund: Als sich die Deinhardtsche Brauerei, nur zwei Steinwürfe vom Frauenplan entfernt, immer mehr ausbreitete (mit der unvermeidlichen Esse, versteht sich), soll das Oberhaupt des Großherzogtums einlenkend festgestellt haben: „Wenn's ums Trinken geht, kann man eben auf Essen nicht verzichten."

Auf der Elektrischen

Die Straßenbahn, in ihren Anfangsjahren „Elektrische" genannt, bewegte um die Jahrhundertwende auch in Weimar die Gemüter, bevor sie sich selbst bewegte und zwischen Bahnhof und Falkenburg ihre Kreise zog.

Großherzog Carl Alexander hatte die Absicht, eine solche Bahn aus eigener Anschauung kennenzulernen. Königliche Hoheit begab sich also in die benachbarte preußische Blumenstadt Erfurt, wo eine Elektrische sich quietschend durch die Kurven quälte. Nachdem er beim Wagenschaffner den Fahrschein gelöst hatte, verwickelte er ihn in eine leutselige Unterhaltung. Der Straßenbahner erzählte ihm von seiner Arbeit, vom langen Heimweg, von zahlreichen Kindern und den Schwierigkeiten, sie mit dem geringen Lohn zu erhalten.

„Wissen Sie was, hm, hm." Gerührt griff der Großherzog in seine Brieftasche. „Geben Sie mir noch zwanzig Fahrscheine."

Großvaters Enkel

Jovialität im Umgang mit den Landeskindern gehörte damals sozusagen zum Know-how eines Landesfürsten. Carl Alexander muß diese Fähigkeit um so höher angerechnet werden, als er durch seine Sprechweise und durch die vielen eingetreuten „Ähs", die häufig seinen Wortfluß unterbrachen, hörbar gehemmt war. Daß nicht jede dieser huldvollen Bemerkungen vor Esprit blitzte, wer wollte es ihm verdenken.

Im Gymnasium sprach der Fürst einen Schüler an, dessen Großvater Departementschef der Landesregierung gewesen war: „Sind Sie – äh, äh – der Enkel ihres Großvaters?"

Der taucht auch nicht

Ein Taucher, der ansonsten im Dienst von Schiffahrtsgesellschaften stand, zeigte auf einem Vogelschießen im Weimarischen seine Künste in einem großen gläsernen Gefäß. Carl Alexander war ein interessierter Zuschauer. bevor ihm die Frage einfiel: „Sagen Sie, lieber Mann, was verdienen Sie denn jährlich in ihrem Berufe, wenn Sie täglich beschäftigt sind?" Der Taucher antwortete, daß dies ganz auf die Reederei ankommen. Es gebe welche, die gut bezahlten, andere wiederum seien „zach" (geizig). Aber so zehntausend Taler im Jahr kämen schon zusammen.

„Sehen Sie mal an, Sehen Sie mal an!" dachte der Großherzog laut nach. „Hm, hm, ein schönes Einkommen! So viel verdient ja mein Staatsminister nicht!" „Königliche Hoheit, der taucht auch nicht!"

Amnestie

Der Landesvater machte Visite im Zuchthaus. Die Sträflinge traten vor Carl Alexander an wie die Soldaten. Wie andere Fürsten hegte er, der sonst wenig militärische Ambitionen hatte, eine Schwäche für „lange Kerls". Er ließ den größten Gefangenen vortreten. „Sagen Sie mal, hm, was haben Sie verbrochen?" „Ich habe meine Mutter ermordet, Königliche Hoheit!" „Ah, Frau Mutter, Sehen Sie mal an, Sehen Sie mal an. Wie heißen Sie denn?" „Müller, Königliche Hoheit." „Müller, Äh, Sehen Sie mal an." Er wandte sich zum Direktor: „Herr Direktor, wie lange hat der Mann?" „Lebenslänglich, Königliche Hoheit." „So, so. Der Mann gefällt mir. Wollen ihm das letzte Jahr schenken."

Die verstopfte Ilm

Als kleiner Junge mußte der künftige Herrscher aller Sachsen-Weimaraner jeden Winkel des Großherzogtums kennenlernen. Auch die drei Quellen der Ilm hoch oben am Rennsteig, die des Freibachs, des Taubachs und der Lengwitz, standen auf dem prinzlichen Exkursionsprogramm. Eine der drei Quellen war erst kürzlich gefaßt worden.

Der kleine Karl Alexander eilte spornstreichs zum Brunnenrohr, hielt es mit beiden Händen zu und rief: „Jetzt werden sie aber in Weimar gucken, wenn kein Wasser mehr kommt!"

Mitsamt dem Stocke

In der Nähe des Ettersburger Schlosses begegnete der Landesfürst einem Imker, der gerade einen Bienenschwarm auf dem Birnbaum eingefangen hatte und auf dem Heimweg war, den Bienenstock unterm Arm, die Haube in der Hand und die Pfeife im Mund. Der Bienenhalter grüßte artig, so gut man das eben kann, wenn man alle Hände und noch dazu das Maul voll hat. „N'abend, Königliche Hoheit!" „Guten Abend, lieber Mann! Was haben Sie denn da?" „Ach, Königliche Hoheit, de Bänen hun geschwärmt." „Ah, sehen Sie mal an. Mitsamt dem Stocke?"

Pferdevollversammlung auf dem Ettersberg

In Ettersburg wurde mal wieder gebaut. Das Material mußte mühselig von Weimar bergauf gekarrt werden, das letzte, steilste Stück sogar vierspännig. Bergab wurden natürlich nur zwei Pferde gebraucht.

Der Großherzog sah sich das ein paar Tage an, bevor er sich ein Herz faßte und den Fuhrmann fragte: „Sagen Sie, lieber Mann, Sie fahren immer vierspännig hinauf und zweispännig hinunter. Müssen sich da oben nicht ungeheuer viele Pferde ansammeln?“

Albin Börner, genannt Bärnersch Olwin

Im Park von Belvedere, wo sich Carl Alexander im Sommer gern aufhielt, wurden die nötigen Gartenarbeiten von den Dorfbewohnern der Umgegend verrichtet. Sie hielten die Wege mit dem Rechen in Ordnung und nahmen manchen Korb Laub mit nach Hause, was offiziell nicht gern gesehen wurde.

Frau Börner, auf Landweimarisch „die Bärnern“, hatte ihren Sohn Albin mit nach Belvedere genommen, wo sie Laub zusammenharkte. Albin hatte sich an den Wegrand gesetzt und guckte ins Blaue. Auf einmal bog die Königliche Hoheit Carl Alexander, Großherzog von Sachsen, mit einem kleinen Hund, „mät e klenn Hunne“ auf Mittelthüringisch, um die Kurve. Die Bärnern, die einen großen Korb Laub für den Eigenbedarf zusammengerecht hatte, versteckte sich hinter einem Baum, Albin blieb sitzen.

Als der Großherzog herangekommen war, fragte er den Jungen: „Nun, mein Sohn, wie heißt du?“ „Olwin.“ „Wie noch?“ „Bärner.“ „Wo bist du her?“ „Aus Toobach“ (Taubach). „So, so. Bist du allein hier?“ „Nä, dort hänger dem Boome kauzt meine Motter – se hat Loob gerachent.“ „Ah, sieh mal an, sieh mal an“, macht der Großherzog und setzte lachend seinen Weg fort. Sein Hund schnupperte noch ein Weilchen an Albin herum.

Der vertrieb ihn mit den Worten: „Gieh ooch hän, dei Vater is ja fort."

Dem Großherzog sein Junge

Der Erbgroßherzog Carl August (nicht zu verwechseln mit seinem gleichnamigen Urgroßvater) spielte mit den einheimischen Kindern und teilte ihren Dialekt. Der zweite Carl August starb jedoch als Fünfzigjähriger, bevor er die Regentschaft antreten konnte.

Obwohl es die Polizei verboten hatte, rodelten die Kinder – darunter der Sproß des Großherzoges – den Berg an der Bibliothek hinunter in Richtung Reithaus. Es dauerte nicht lange, da trat einer der wenigen Weimarer Polizisten auf den Plan, es muß wohl der alte Schutzmann Stief gewesen sein, und nahm einem Jungen die Käsehitsche (primitiver Schlitten) weg. Es war der Erbherzog, der nicht rechtzeitig das Weite gesucht hatte.

In dem Moment trat Vater Carl Alexander aus dem Schloß. Einer der Rodler rannte hin und berichtete aufgeregt: „Herr Großherzog, Herr Großherzog, alleweile hat der Polizeidiener deinem Jongen seinen Schlitten waggenommen."

Die verflixte 48

Ein Hauptmann des Weimarer Regiments, der das Monturdepot unter sich hatte, hegte einen solchen Groll gegen die Revolution von 1848, daß er die Soldaten anwies, beim Zählen der Uniformstücke die Zahl „48" nicht auszusprechen und dafür laut „Pfui!" zu rufen. Also hieß es beim Zählen in der Kaserne an der Wilhelmsallee (Leibnizallee): „44, 45, 46, 47, Pfui!, 49, 50 …"

Taschentuch in der Hand

Zahlreiche Verdienste werden der Großherzogin Sophie, der Frau Carl Alexanders, nachgerühmt: die Gründung des Sophienhauses, des Sophienstiftes und die Förderung der nach ihr benannten großen Goethe-Ausgabe in 143 Bänden. Aber gerade bei der Edition dieser Ausgabe ließ die gebürtige Holländerin nie in Vergessenheit geraten, daß sie die Fürstin war. So wies sie ihren Archivdirektor Bernhard Suphan mit den Worten zurecht: „Herr Professor, der Goethische Nachlaß gehört mir wie dieses Taschentuch in meiner Hand." Keine Publikation der Manuskripte konnte je erfolgen ohne ihre ausdrückliche Zustimmung.

Smalltalk mit Bäumen

Kaiserin Augusta, als Frau Wilhelms I. die „First Lady" des 1871 in Versailles gegründeten deutschen Kaiserreichs, machte ihre ersten Schritte auf dem Weg zur Herrscherin in Weimars Stadtwald Webicht an der Straße nach Jena. Dorthin wurde die weimarische Prinzessin, Tochter Carl Friedrichs und der Maria Pawlowna, in frühester Jugend geführt, um an die Bäume nicht allzu banale Fragen zu richten. Das war eine Übung für das sogenannte „Cercle machen", das Begrüßen einzelner Personen und Personengruppen auf einem Empfang.

Wie der Papst Luther enteignete

Ein merkwürdiges historisches Namensspiel vollzog sich kurz vor der Jahrhundertwende. Um Platz zum Neubau einer katholischen Kirche zu schaffen, mußte ein Haus abgerissen werden, das einem gewissen Luther gehörte. Luther weigerte sich jedoch, freiwillig sein Haus zu verkaufen, so daß ein Enteignungsverfahren gegen ihn eingeleitet wurde.

Der aber, der seinem Amte gemäß dieses Verfahren einzuleiten hatte, war Oberbürgermeister Pabst. Zum Ankauf des Gebäudes hatte die hiesige Hagelversicherungsanstalt „Union" einen größeren Betrag bewilligt. So erlebte Weimar, daß, um der katholischen Kirche Platz zu machen, der Pabst den Luther enteignete, und das auch noch mit Hilfe der Union (so hieß nämlich das Bündnis der protestantischen Fürsten im Jahr 1608).

Blutdurst

In den Revolutionstagen im Jahr 1918 besuchte eine Jugendgruppe die idyllisch gelegene, leider ganz verfallene Waldgaststätte „Rödchen" am Südhang des Ettersberges. Die jungen Gäste sangen lauthalts „Blut wollmer sehen." Der Gastwirt Melchert fragte erstaunt: „Su, Blut wollter sehen. Wasn für Blut?" „Färschtenblut" (Fürstenblut). Völlig unrevolutionäres Machtwort des Gastwirtes: „Wenn ihr Blut sehen wollte, dann geht nachm Schlachthofe, aber laßt uns hier obne in Frieden."

Stoff für ein eigenes Buch

Goethe hat ein Universum von Werken und einen Kontinent von Anekdoten hinterlassen. Erstere füllen über hundert Bände, letztere reichen zumindest für einen dicken Band aus. Sie innerhalb dieser Sammlung nicht überhandnehmen zu lassen, ist ebenso schwer, wie ausgerechnet in der Goethestadt auf sie zu verzichten. So habe ich mich auf eine kleine Auswahl von Begebenheiten vor streng lokalem Hintergrund beschränkt. Ihr Held ist Johann Wolfgang von Goethe, touristische Hauptattraktion Weimars schon zu Lebzeiten, Wallfahrts- und Besichtigungsobjekt Nr. 1 in seiner Residenz am Frauenplan, wo er eine Rolle zu spielen hatte, deren er nicht selten überdrüssig wurde, wie nachzulesen ist. Einige Beiträge haben nicht den lebenden Goethe, sondern sein Nachleben in der Goethestadt zum Gegenstand.

Seine Zeitgenossen stimmen im übrigen darin überein, daß er ein leidenschaftlicher Anekdotenerzähler war. Daß er selbst zum Objekt dieser kleinen Form geworden ist, dürfte ihm nicht entgangen sein.

Schiller und Goethe, ganz egal

Den Besuch der Madame Dutitre aus Berlin wird der Hausherr am Frauenplan lange nicht vergessen haben, obwohl sie weder Schriftstellerin, Philosophin noch aufstrebende junge Pianistin oder Schauspielerin war. Sie hatte als armes Mädchen einen begüterten Schlächter geheiratet und konnte schließlich ein Stockwerk „Unter den Linden“ bewohnen. Sie galt im Berlin der Biedermeierzeit als eine Frau Neureich.

Immerhin war sie imstande, darin ganz Urberlinerin, sich über sich selbst lustig zu machen. Zum Beispiel über ihren Besuch beim Geheimen Rat. „Ick hatte mir vorjenommen, Joethe doch ooch mal zu besuchen, und wie ick durch Weimar fuhr, jing ick nach seinem Jarten und jab dem Gärtner eenen harten Daler, daß er mir in eene Laube verstecken und eenen Wink jeben sollte, wenn Joethe käme. Und wie er nun die Allee runter kam und der Gärtner mir jewunken hatte, da trat ick raus und sagte: 'Anjebeteter Mann!' Da stand er stille, legte die Hände auf den Rücken, sah mir an und fragte 'Kennen Sie mir?' Ick sagte: 'Jroßer Mann, wer sollte Ihnen nicht kennen?' und fing an zu deklamieren: 'Festjemauert in der Erden steht die Form aus Jips jebrannt'.“

Goethe soll gesagt haben: „Es freut mich, daß Sie meinen Freund Schiller ehren.“ Als man Frau Dutitre über ihren Irrtum aufklärte, meinte sie: „Ach wat, det macht ja nischt, Schiller und Joethe sind ja ganz egal.“

Nach einer anderen Quelle soll Goethe sei bei ihrer Verwechslung gelassen haben. Erst der Elephantenwirt habe ihr reinen Wein eingeschenkt. „So, Sie haben also Goethe gesehen? Was haben Sie denn mit ihm besprochen?“ Madame Dutitre: „Na wovon andersten als von seinen Werken? Ick habe ihm jleich vordeklamiert: 'Festjemauert in der Erden ...'“ Als ihr der Wirt eröffnete, daß dies nicht von Goethe, sondern von Schiller sei, habe sie ihre Koffer gepackt und sei abgereist.

Besichtigung eines Olympiers

Man kann es von Goethe nachempfinden, daß ihm die Rolle als Ziel eines nicht abreißenden Intellektuellentourismus mitunter zuwider war. Der Romantiker Ludwig Tieck hatte das Pech, den großen Kollegen in ungnädiger Stimmung anzutreffen. Dennoch trat Tieck am Diener vorbei ins Allerheiligste am Frauenplan.

„Sie wollen mich sehen?“ fragte der Hausherr. „Ja, bitte“, entgegnete Tieck. Worauf sich Goethe mit den Worten: „Nun, so sehen Sie mich!“ um die eigene Achse drehte. „Genügt das?“ fragte er schließlich. „Durchaus“, antwortete Tieck, „nur eine Kleinigkeit bitte noch.“ „Was wünschen Sie noch?“ „Was kostet die Besichtigung?“

Guten Abend!

Manchmal ging Goethes Abneigung gegen aufdringliche Gäste so weit, daß er ihnen zwar nicht die Tür wies, sie aber so lange warten ließ, bis sie sich von selbst verabschiedeten. Bei der folgenden Szene war wiederum Tieck einer der Leidtragenden. Außerdem warteten Eckermann mit dem unvermeidlichen Notizbuch und Schwiegertochter Ottilie, deren Tee kalt zu werden drohte.

Da raffte Jenny von Pappenheim all ihren Mut zusammen und drang bis ins Arbeitszimmer vor. Goethe stand im langen offenen Hausrock am Schreibpult. Fräulein von Pappenheim entbot ihm schüchtern einen „Guten Abend!" und fuhr fort: „Wir warten auf den Herrn Geheimrat, und Tieck ..." „Ach was", polterte Goethe, „glauben sie, kleines Mädchen, daß ich zu jedem laufe, der wartet? Was würde denn aus dem da?" Er zeigte auf die offenen Bogen. „Wenn ich tot bin, macht's keiner. Sagen Sie das droben der Sippschaft. Guten Abend."

Beherrschung ist alles

So ungehalten der Meister zuweilen Besuchern gegenüber sein konnte, so glänzte er doch in heiklen Situationen durch Gelassenheit und – eben – meisterhafte Selbstkontrolle.

Der Berliner Hofschauspieler Krüger hatte sich von

ihm die Erlaubnis erbeten, junge, talentierte Schauspielerinnen am Frauenplan einzuführen. Eine davon war Demoiselle Sutorius, die von Krüger dem Hausherrn mit den Worten empfohlen wurde, sie habe die Sophie in den „Mitschuldigen“ gespielt. Da platzte die Berlinerin, die offenbar über die Autorschaft des Stückes nicht informiert war, heraus: „Ach, ich bitte Sie, Herr Krüger, reden Sie mir nicht von dem grauslichen Stück, das ist mir meine zuwiderste Rolle.“

Während Krüger darauf hoffte, durch eine Öffnung im Fußboden in den Keller versinken zu können, sprach Goethe in antiker Ruhe: „Nun, nun, das ist ja schön.“

Die Galanterie des Alters

Als weitaus angenehmer empfand der alternde Dichter zweifellos die Visite einiger junger Mädchen, die im Tiefurter Park für ihn Frühlingsblumen gepflückt hatten. Dabei unterlief einer der Schönen das Mißgeschick, den Gipsabguß einer Venus umzustoßen. Er zerschellte am Boden.

Die jungen Damen erbleichten, die Sünderin brach in Tränen aus. Goethe drohte mit dem Finger: „Ei, ei, wer wird um eine Tote weinen, wo Venus so viele lebende Vertreterinnen hat.“

O, ihr guten Kinder!

Auf einem Ball der Gräfin Henckel scheint es mangels bequemer Sitzgelegenheiten sehr unkomfortabel zugegangen zu sein. Hinzu kam, daß die jungen Engländer, die zu Beginn des 19. Jahrhunderts in Weimar die erste Geige spielten, sich in den Tanzpausen der Länge nach auf den Sofas rekelten, während die Tänzerinnen vor ihnen standen – nicht sehr „gentlemanlike" fürwahr.

Die Kanapees standen jedoch so tief in den Mauern, daß man, um einigermaßen bequem auf ihnen Platz nehmen zu können, dies nur in liegender Stellung tun konnte.

Hofrat Vogel, des alten Großherzogs und Goethes Leibarzt, gewann dieser Stellung keinen rechten Geschmack ab. „Ich habe mit Frau von X. dort gesessen und …" „Und", unterbrach Goethe, „ihr bekamt keine Lust, euch zu legen? O, ihr guten Kinder."

Herr Geheimrat Koethe

Goethe war zunächst wie vom Donner gerührt, als ihn ein Theologiestudent ansprach und ihn bat, am nächsten Sonntag statt seiner die Predigt halten zu dürfen. Rasch merkte er jedoch, woher der Wind wehte. Er gab dem Jungtheologen den Ratschlag, sich in dieser Sache am besten an den Herrn Archidiakonus Koethe zu wenden, den er offentsichtlich meine.

Vor allem als Theaterdirektor hatte Goethe seine liebe

Mühe, die Schauspieler, namentlich wenn sie Schwaben, Österreicher oder Sachsen waren, vor dem Verwechseln mancher Konsonanten und Vokale zu bewahren. Die Konfusion von G und K, T und D, P und B sowie I und Ü bereitete ihm besonderen Ärger, auch wenn er nicht immer, wie im Fall des Herrn Archidiakonus Koethe, selbst davon betroffen war.

Der böse Blick

Der langjährige Goethe-Sekretär Kräuter besaß eine Goethebüste, deren Gesichtsausdruck nicht anders denn als finster bezeichnet werden konnte. Der Dichter hatte den Abguß von sich einst machen lassen, um einem armen jungen Bildhauer zu helfen. Als Kräuter ihn auf die düstere Miene ansprach, sagte der Alte: „Meinen Sie, daß es ein Spaß ist, sich das nasse Zeug ins Gesicht schmieren zu lassen, ohne eine Miene zu verziehen? Da ist's eine Kunst, nicht noch viel unwirscher auszusehen!"

Goethe mundgerecht

Im Jahr 1826 ließ sich der alternde Dichter von Ludwig Sebbers, der im Auftrag der Herzoglichen Porzellanmanufaktur Braunschweig kam, für eine Tasse malen. Als ihm das fertige Stück mit seinem eingebrannten, wohlgelungenen Bildnis gezeigt wurde, betrachtete er es eine Weile wohlgefällig, setzte die Tasse wie zum Trinken an die Lippen und meinte schmunzelnd: „So wird man den Leuten mundgerecht gemacht.“

Kein Werk des großen Meisters

„Wasser allein macht stumm, das beweisen im Teich die Fische. Wein allein macht dumm, das beweisen die Herren am Tische. Und da ich keines von beiden will sein, trink ich mit Wasser vermischt den Wein.“

Es soll Leute geben, die von Goethe nichts kennen als diesen Reim. Er habe sich damit gegen die Anpöbelung von Studenten verwahrt, die beobachtet hatten, wie er seinen Wein mit Wasser verdünnte.

Die Klassikexperten in Weimar haben hieb- und stichfest nachgewiesen, daß Goethe diese Zeilen nie gedichtet hat. Es handelt sich hierbei um den Sonderfall einer in Verse gefaßten Goethe-Anekdote. Ein Verlust für Goethe-Philologen, ein Gewinn aber für den Anekdotensammler.

Der natürliche Sohn

Goethe las aus seiner „Natürlichen Tochter“. Unter den Zuhörern war Herder. Der blieb stumm, schien sich mit dem Stück nicht anfreunden zu können. „Nun, Alter“, brach Goethe das Schweigen des Freundes, „gefällt es dir überhaupt nicht?“

Herder ließ es an Aufrichtigkeit nie fehlen. „Dein natürlicher Sohn ist mir lieber“, brummte er.

Im Schatten des Hünen

Wolfgang Maximilian von Goethe, der Enkel des Dichters (1820–1883), Dr. jur. und preußischer Legationsrat, stand wie sein Bruder Walter Wolfgang (1819–1885) zeitlebens im Schatten des übermächtigen Großvaters. Wie sein Bruder blieb er unverheiratet. „Mein Großvater war ein Hüne, aber ich bin ein Hühnchen“, klagte er in bitterem Humor.

„Mer liecht …“

„Mehr Licht!“ Wie ein Lichtstrahl sind Goethes letzte Worte der Nachwelt übermittelt worden. Paßt es nicht zum Leben und Werk des Dichters, dieses Wort vor der Schwelle des Todes, so bedeutungsschwer, so symbolträchtig, so geheimnisvoll? Selbst Engländer und Amerikaner läßt es nicht ruhn, dieses „More light!“, als wäre es der letzte Seufzer eines ihrer Landsleute gewesen.

An der Authentizität des Ausspruches wird nicht gezweifelt, zumal es von zwei seriösen Weimarer Persönlichkeiten, dem Baumeister Coudray und dem Kanzler von Müller, bezeugt wird. Allerdings wird dieses erste Wort unter allen letzten Worten seiner Mystik entkleidet, versteht man es als schlichten Auftrag an den Diener, den Fensterladen zu öffnen, damit mehr Licht hereinkomme. Aber selbst das ist manchen Legendenstürmen noch zu feierlich. Sie behaupten, daß der im Lehnstuhl Sterbende in sein heimatliches Frankfurterisch zurückgefallen sei: „Mer liecht so schlecht hier."

Er kam nur noch bis zum „liecht". Der Rest ist andächtiges Schweigen derer, die in der Sterbestunde um ihn versammelt waren.

Ein gewisser Goethe

Als im März 1832 Goethe unter einigem Gepränge zu Grabe getragen wurde, hörte ein preußischer Stabsoffizier in Erfurt (das preußische Garnisonsstadt war) davon und äußerte sich an der Offizierstafel in seinem Hotel folgendermaßen: „Da haben sie in Weimar so einen Federfuchser, einen gewissen Goethe, begraben und dabei einen solchen Spektakel vollführt, als wenn, weiß der Herr, ein preußischer Offizier begraben worden wäre."

Die Enkel

Zeit seines Lebens (er starb hochbetagt 1959) erinnerte sich der populäre Weimarer Arzt Dr. Paul Dreykorn an ein Erlebnis aus der Kindheit, als er an der Hand seiner Mutter über den Frauenplan ging und sie den Satz sprach: „Da sind die Enkel."

Der kleine Paul guckte sich die Augen nach vermeintlichen Kindern aus, sah aber nur zwei ältere Herren im Gehrock. Es waren in der Tat die Enkel: Walther und Wolfgang von Goethe, die gerade aus dem Haus ihres Großvaters traten.

Schwindende Erinnerung

Um 1900 erfuhren zwei Berliner Journalisten, daß in Weimar eine alte Frau namens Mackeldey lebte, die Goethe noch gekannt und in seinem Haus gearbeitet habe. Sie fuhren sofort in die Ilmstadt und eilten in die Seifengasse, den Wohnsitz der Frau. Frau Mackeldey empfing die beiden in ihrem Lehnstuhl, schlafend. Nach dem Erwachen hatte sie sich einer ganzen Sturzflut von Fragen zu erwehren. Wie war Goethe? Woran erinnern Sie sich? Was haben Sie mit ihm besprochen? Wie war seine Schwiegertochter?

Frau Mackeldey schien nichts zu verstehen, doch dann öffnete sie die Lippen. „Der Geede? Ach ja, der Geede …“ Längere Pause. „Ja, ja, der Geede, der war Sie tück'sch, der Geede.“

Einer der beiden Journalisten, die mißmutig die Rückreise an die Spree antraten, war Victor Auburtin, der die Begegnung der Nachwelt überlieferte.

Schlimmer Verdacht

In der ersten Jahrhunderthälfte war der Berliner Sexualforscher Magnus Hirschfeld nicht weniger im Gespräch als sein Wiener Kollege Sigmund Freud. Der Karikaturist Albert Weisgerber zeichnete 1907 das Goethe-Schiller-Denkmal mit folgendem Untertext: „Wolfgang, lassen wir die Hände los! Der Dr. Magnus Hirschfeld kommt!"

Unmöglich Goethe

Ein Tourist, der seine Brille verloren hat, stand vor dem Wielanddenkmal und fragte einen Bäckerjungen des Hofbäckers Schmidt, ob das Goethe sei. „Nee, Goethe, das sind zwee."

Leben in Betten

Das Zwickauer Tageblatt berichtete am 21. 3. 1932 aus Weimar, wo der 100. Todestag des Dichters begangen wurde: „Weimar selbst ist ganz auf seine großen Verpflichtungen eingestellt. Überall grüßen Goethebüsten und -bilder. In den Hotels ist jedes freie Bett belebt."

Eigentlich nicht vom Fach

Rundgang von Mitgliedern der Thüringischen Botanischen Gesellschaft zu den Gräbern bekannter Botaniker auf dem Weimarer Friedhof wie Haußknecht, Rothmaler usw. Erläuterungen von Jürgen Jäger, dem Direktor der klassischen Parkanlagen: „Goethe war schließlich auch ein bekannter Botaniker."

Abkanzelung durch Dr. M. von der Jenaer Universität: „Für mich war er nur ein Monstrositätensammler."

Goethes Nachkommen

Berka, damals noch ohne den Zusatz „Bad", war einer der Lieblingsorte des Dichters wie Stützerbach und Dornburg. Deshalb machten sich die Mitglieder der in Weimar tagenden Goethe-Gesellschaft auf eine Wanderung durchs liebliche Ilmtal nach dem Badeort. Als sie aufbrachen, leuchtete die Sonne, Goethes Mailied ging ihnen durch den Sinn. Doch, frei nach Freund Schiller, ist mit des Wetters Mächten kein ew'ger Bund zu flechten. Mit anderen Worten: Ein schlimmes Ungewitter brach los.

Zerklatscht, durchnäßt, mit tropfenden Schirmen traf die Wandergesellschaft am Ziel ein. Der eine oder andere der zitatenfesten Spaziergänger erinnerte sich weniger ans Mailied, sondern an „Wanderers Sturmlied". Allerhand Bürger hatten sich eingefunden, um den seltsamen Zug zu besichtigen. Auf einmal ertönte im schönsten Berkschen Tonfall der Ruf: „Nee, scheene sehnse nich aus, die Nachkommen vom Geede."

Mehr als eine Sondergenehmigung

Frage einer Autofahrerin: „Wie komme ich zum Herderplatz?" Der Einheimische denkt nach. „Hm. Haben Sie 'ne Sondergenehmigung für die Innenstadt?" „Nein. Aber ich bin Mitglied der Goethe-Gesellschaft."

Von der Schwierigkeit, in Weimar ein Dichter neben und nach Goethe zu sein

Wie leben aber nun Schiller, Herder, Wieland durch die Anekdote weiter? Sie alle haben ihre Bronzedenkmäler in Weimar, Herders Statue war sogar die erste, von der die Hülle fiel. Der wackere Musäus gar, der Dichter der „Volksmärchen der Deutschen", hat er nicht auch ein Albumblatt verdient? Von mehreren Mitgliedern der schreibenden Zunft wird noch im Kapitel über Essen und Trinken und jenem vom Theater die Rede sein, von Gutzkow, von Alexander Rost, von Kotzebue. Ernst von Wildenbruch hat sein Leben in Weimar, Am Horn in der Villa Ithaka, beschlossen, aber rund 70 Jahre später sollte er ein zweites Mal sterben, als 1976 sein Denkmal in einer Tag- und Nebelaktion entfernt und „eingelagert" wurde. Ein Dreivierteljahrhundert hatte der nur mit einem Dolch und einem Helm ausgestattete Bronzemann in Weimar sexuelle Frühaufklärung betrieben und den Spott der Prüderie auf sich gezogen. Auch schon beinahe wieder eine Anekdote.

Auch reisende Dichter gaben häufig hier ihre Visitenkarte ab. Einige genossen ihren Ruhm schon in vollen Zügen (Thomas Mann), ein anderer war noch völlig unbekannt. 1912 weilte ein schriftstellernder Versicherungsjurist aus Prag in der Stadt an der Ilm, wo er heute vergessenen literarischen Gestalten wie Paul Ernst und Johannes Schlaf einen Besuch abstattete. Als sich raufende Gassenjungen mit „Du Dreckorsch" titulierten, hat ihn das so fasziniert, daß er es in sein Reisetagebuch eintrug. Franz Kafka war der Name des Tagebuchschreibers.

Gegen Herder chancenlos

Als Johann Gottfried Herder einst durch das Webicht nach Tiefurt spazierte, näherten sich ihm drei junge Leute, die mit dem berühmten Mann ihren Scherz treiben wollten. Sie gingen zu diesem Zweck in kurzem Abstand hintereinander an dem Dichter-Theologen vorüber. Der erste grüßte mit spöttischer Miene: „Guten Tag, Vater Abraham!" Vom zweiten wurde der Herr Generalsuperintendent mit den Worten begrüßt: „Guten Tag, Vater Isaak!" Der Dritte der Flegel schließlich sprach im Vorübergehen: „Guten Tag, Vater Jakob!"

Nun war Herders Maß voll. Er blieb stehen, aber nicht, um die Schale seines gefürchteten ostpreußischen galligen Zornes über den Spöttern zu entleeren. Nein, er erteilte ihnen eine Abfuhr, die eines Theologen würdig war.

„Ich danke den Herren für ihren freundlichen Gruß. Aber mein Name ist weder Abraham, noch Isaak, noch Jakob, ich heiße Saul, der Sohn des Herrn Kisch. Ich habe mich heute früh aufgemacht, um die Eselinnen meines Vaters zu suchen, habe aber bis jetzt nur die Esel gefunden."

Es blieb nicht bei der ruhigen Kugel

An der alten Kegelbahn in Belvedere kann man sehen, daß das Kegeln im klassischen Weimar eine verbreitete Freizeitbeschäftigung gewesen sein muß; ihr Alter ist klassisch, ihr Zustand entsprechend, da seit jener Zeit keinerlei modernisierender, noch nicht einmal erhaltender Eingriff erfolgte.

Von der Beliebtheit des Kegelns zeugt das Zusammentreffen eines ungarischen Studenten mit einigen Weimarer Bürgern – und was für welchen! – am Rande einer Kegelbahn. Er war in ein Nest von Prominenten geraten.

Der Magyar hatte eine Wirtschaft gesucht, um sich an einem kühlen Bier zu laben. Da kam er an einem schönen Garten vorbei – auch das deutet auf Belvedere –, wo sich beim Kegeln eine Gesellschaft von Damen und Herren unterhielt. Schüchtern trat er an einen Tisch und verlangte nach der Kellnerin. Erst auf den Wink eines Herrn wurde ihm ein Glas Bier hingestellt. Dieser unbekannte Herr der Weimarer Gesellschaft lud den Ungarn zum Abendessen ein; es wurde gegessen, getrunken und gesungen. Der Student, dem das Bier zu Kopfe gestiegen war, stimmte Schillers' Hymnus „An die Freude“ an. Alle sangen mit.

Nach dem Lied rief der Gast begeistert: „Hoch lebe der Dichter des Hymnus!“ Ein lautes „Er lebe hoch!“ antwortete ihm. Der Gastgeber reichte ihm die Hand und sagte: „Ich danke Ihnen, werter Freund, und freue mich, daß meiner Muse Sang auch Ungarn und seine Söhne verstehen und lieben.“

Der junge Mann schaute den Sprecher groß an. Der Tischnachbar klärte ihn endlich auf: „Hier, Herr Magister, sehen Sie unseren Schiller, hier Goethe, und ich, ich bin der alte Wieland."

Als man noch nicht Make-up dazu sagte

Nach einer längeren Krankheit wurde Johann Carl August Musäus von einer Weimarer Familie zu Tisch geladen. Alle freuten sich über sein gesundes Aussehen, hatte doch sein Zustand zu ernsten Befürchtungen Anlaß gegeben. Gegen Ende der Mahlzeit konnte es jedoch seine Frau nicht länger verschweigen, daß er nur deshalb so gut aussehe, weil er sich geschminkt habe, bevor er in Gesellschaft gegangen sei.

„Hast du's nun endlich vom Herzen herunter.", sagte der Dichter ungehalten. „Ist dir nun leichter? Nun ja, ich habe mich rot angestrichen, um dem Bedauern wegen meiner Krankheit auszuweichen und lieber wegen meiner Gesundheit beneidet zu werden."

Weimarer Volkswitz

Die Klassikerstadt und ihr Humor – zwei Begriffe, die so unvereinbar scheinen wie Goethe und der Blattspinat. Doch wie sich sogar zum Thema „Goethe und der Blattspinat" eine Abhandlung findet, so zieht sich durch die Stadtgeschichte – untergründig wie der verrohrte Asbach – ein Rinnsal von Humor, Witz und Wortspiel.

Das nicht mehr vorhandene Erbbegräbnis der Familie Kräuter auf dem Jakobskirchhof wurde „Herbarium" genannt (lat. herba, Kraut). Die Seifengasse trug die Spitznamen „Schaumallee" und „rue de savon".

Als der Großherzog Carl Alexander goldene Hochzeit feierte und einen reichen Ordens- und Titelsegen über sein Land ausgoß, verbreitete ein Schelm das Gerücht, nun seien alle Weimaraner (der langweilige Streit, ob sich auch zweibeinige Weimarer so bezeichnen dürfen, wurde erst in diesem Jahrhundert entfesselt) zu Oberweimaranern ernannt. Dagegen werde aber der Gemeinderat – des seinerzeit noch nicht eingemeindeten – Oberweimar Einspruch erheben.

„Ziegenschinder" hieß im Volksmund merkwürdigerweise der unangenehme und unerbetene Nordostwind, der über den Kamm des Kleinen Ettersberges in die Stadt hineinpfiff, merkwürdigerweise deshalb, weil die Ziege im alten Weimar sonst eine „Heppe" war.

Der in Nürnberg hingerichtete NS-Gauleiter Sauckel bekam (hinter vorgehaltener Hand, versteht sich) die Spottnamen „Sauleiter Gaukel" oder „Saukarl" verpaßt. Der klingende Name des Nazi-Theaterintendanten Hans Severus Ziegler wurde raunend zu Hans Perversus Ziegler verfremdet, war er doch auf Grund seiner engen Beziehung zu Adolf Hitler vermutlich der einzige Homosexuelle Nazi-Deutschlands, der nicht verfolgt wurde.

In der Nachkriegszeit, in der viel aufgewühlt und manches gebaut wurde, fielen aufmerksamen Beobachtern Beinamen wie „Wühlmar" und „Buddelstedt" ein.

Als die Schillerstraße zur Fußgängerzone umgestaltet wurde, verspotteten sie manche Einheimische, vielleicht wegen der Unzulänglichkeiten des Bauablaufs, als „rue de blamage". Ungerechterweise, denn wenige Jahre später waren alle froh, als eine der ersten Städte der DDR eine Flaniermeile zu haben, auf der sich, unbehelligt von Zweitakterabgasen, atmen ließ.

Witz, der aufschäumte wie ein frischgezapftes Bier, stand bei der Taufe manch eines Gasthauses Pate. Im Telefonbuch stand die Gaststätte „Zum Stadtpark", im Volksmund hieß sie, wegen ihrer Nähe zum Friedhof, „Letzte Träne". Die „Grabenschänke" mutierte auf diese Weise zur „Leimrute", die „Milchbar" zur „Molke". Aus dem „Goethebrunnen" wurde ein „Schmales Handtuch".

Der Triebwagen, der zwischen dem Berkaer Bahnhof und Bad Berka verkehrte (oder auch nicht), wurde wegen seiner häufig auftretenden Defekte als „Außerbetriebwagen" verhohnepipelt, sein ohrenbetäubendes Warnsignal brachte dem Kollegen von der Schmalspurbahn „Laura" (siehe Kapitel: „Als man noch auf die Laura lauerte") das Schimpfwort „Heularsch" ein.

„AWG", das war die DDR-amtliche Abkürzung für „Arbeiterwohnungsbaugenossenschaft". Angewendet auf eine schwatzhafte, meist weibliche Person, standen die drei Buchstaben für „Altes Weimarsches Gärluder".

Militärangehörige der sowjetischen Garnison – bis zu drei pro Spiel – durften in den 70er und 80er Jahren die Fußball-Ligamannschaft von Motor Weimar verstärken, was den Nebeneffekt hatte, das die Weimarer bei Auswärtsspielen als „Kosakenmannschaft" angesehen wurden. Die Spieler waren beim Publikum indes auf Grund ihres Könnens und Eifers recht beliebt, so das der Spruch umlief, sie täten für die deutsch-sowjetische Freundschaft mehr als die parteiamtliche Freundschaftsgesellschaft GDSF (Gesellschaft für Deutsch-Sowjetische Freundschaft). Publikumsliebling Nummer 1 war der Mittelstürmer Wiktor Dawidow, der, in Anlehnung an den argentinischen Nationalspieler, als „Maradonow" angefeuert wurde.

Wink mit dem Zaunpfahl

Seit der Renovierung des Gelben Schlosses im Jahr 1994 geben die magischen Großbuchstaben CDSDSLHH an der Fassade gegenüber dem „Resi" den Passanten wieder ein Rätsel auf. Wer weiß schon (oder noch), daß dies die Initialen der Bauherrin von 1704, der Herzogin Charlotte Dorothea, sind: „C(harlotte), D(orothea), S(ophia), D(ux), S(axonia), L(andgrafia), H(asso), H(omburgiae).

Als in dem Haus noch das Thüringer Finanzministerium residierte, machten sich die Hiesigen ihren eigenen Reim auf das CDSDSLHH: „Carl, du solltest deine Steuern längst hergebracht haben."

Der Rest kommt noch

König Ludwig I. von Bayern schickte Goethe zum Geburtstag 1828 einen antiken Torso. Friseur Kirchner, der täglich die Haarpracht auf dem Dichterhaupt herzurichten hatte, berichtete, es sei ein Mann ohne Kopf angekommen, der Rest werde wohl nachgeschickt.

Der Papagei im Trauerhaus

Wenig Sinn für Pietät zeigte ein Papagei, der sich zu Worte meldete, als sich die Leidtragenden zur Trauerfeier für Großherzogin und Großfürstin Maria Pawlowna im Salon des Schlosses Ettersburg versammelt hatten. Die bange Stille wurde unterbrochen durch den Vogelruf „Christel, bring das Kaffeechen!"

Der Papagei, der es in Weimar bereits zu gewissem Ansehen gebracht hatte, wurde nach dem Tod des Vorbesitzers, eines Herrn Gebser, auf Geheiß des Großherzoges auf einer Auktion für den Hof ersteigert. Das gelehrige Tier hatte sich Jahre im Krankenzimmer seines Herren, der ein hohes Alter erreichte und sich täglich am Kaffee labte, aufgehalten.

Se ziert sich nur

Die Kuh des kleinen Mannes hieß im alten Weimar „Heppe". Wer sie Ziege nannte, hatte sich als Zugereister bloßgestellt. Vor Jahrzehnten konnte man die Redensart hören „Der ziert sich wie Kräutern seine Heppe".

Der Bibliothekar Dr. Theodor Kräuter besaß eine Ziege, die ein Junge den Kasernenberg (Leibnizallee) hinauf zur Weide trieb. Da sich das Tier nach Ziegenart sehr störrisch verhielt und öfter das Weitergehen verweigerte, mußte der Hütejunge kräftig am Strick ziehen. Ein Passant schritt gegen die, wie er meinte, Tierquälerei ein, worauf der Bengel die Antwort gab: „Ach, se ziert sich ja nur, se ziert sich ja nur."

Die halbgeschlachtete Heppe

Ein Nachtwächter mit dem renommierten Namen Vulpius trieb um die Mitte des vorigen Jahrhunderts sein Wesen. Auch er besaß, als kleiner Mann, nicht eine Kuh, sondern eine Ziege.

Als er endlich, lang ersehnt, das Haustier schlachten wollte, lief es vor dem Messer davon. Vulpius rannte ihm nach und fragte die Spaziergänger: „Habt ihr nicht 'ne halbgeschlachtete Heppe gesehen? Sie hatte's Messer noch in der Kehle."

Western in Weimar

Außer Ziegenschlachten tat Vulpius durchaus das, was seines Amtes war, nämlich wachen. „Herr Bürgermeister", berichtete er aufgeregt. „Als ich auf dem Theaterplatz ankam, hörte ich einen Schuß. Ach, dachte ich, da hat sich gewiß einer erhängt oder ersäuft. Und richtig, wie ich um die Ecke komme, liegt einer und hat die Pistole noch in der Hand."

Wer, wenn nicht ich?

In der Tiefurter Kirche wurde mit der herzoglichen Kapelle die Motette „Die Stillung des Meeressturmes" einstudiert. Angelockt von dem Gesang, betrat ein Wanderer gerade in dem Augenblick das Gotteshaus, als vom Chor herab das Rezitativ: „Wer ist der Mann, wer ist der Mann?" (dem Wind und Meer gehorsam sind) donnerte.

Eingeschüchtert schaute der Fremdling um sich, um dann zur allgemeinen Erheiterung Auskunft zu geben: „Na, wer bin ich den anders als der Hutmacher Gräfe von Buttelstedt."

Zwischen beiden Polen

„Die Völker stehen opfernd vor mir da, ich sehe mich kreisend zwischen beiden Polen." Der Doppelsinn in den Worten Karl v. Holteis bezieht sich auf die beiden Polen Mickiewicz und Odyniec, die 1828 in Weimar weilten. Ein hiesiger Gastwirt vermerkte sie auf seiner Liste als „Pole eins, Pole zwei", weil ihm die Namen partout nicht aus der Feder wollten.

Inzwischen haben die Weimarer vermutlich gelernt, den Namen des „Polen eins" halbwegs richtig auszusprechen. Denn ihm, dem Nationaldichter Adam Mickiewicz, wurde zum Gedenken an seinen Weimar-Aufenthalt 1956 an der Kegelbrücke ein Denkmal gesetzt.

Das Nachtgeschirr auf Rädern

Die Gräfin Marschall in der Scherfgasse, die von 1766 bis 1851 lebte, besaß zwei Kutschwagen, den einen für schönes Wetter, den anderen für Regen und Dunkelheit. Wenn sie den zweiten, weniger ansehnlichen wünschte, gab sie ihrem Kutscher die Weisung: „Johann, das Nachtgeschirr, es trippelt schon."

Die uffjehende Sonne

Gräfin Marschall wußte auch den Platz am Spieltisch zu schätzen. Dabei entging ihr nicht, daß die älteren Herrschaften am Tisch des Großherzogs Carl Friedrich Whist spielten, während sich die Mehrheit nach der Seite drängte, wo der Erbgroßherzog saß. Beim Großherzog hatten sich die Gäste nämlich zu verneigen! Die Gräfin kommentierte den Vorgang auf ihre Art: „Die wenden sich alle der uffjehenden Sonne zu."

Fachsimpelei unter Hirten

Der alte Generalsuperintendent Röhr (nach diesem Geistlichen, der für Goethe die Trauerpredigt hielt, ist die Röhrstraße benannt) ging eines schönen Tages in Tiefurt spazieren, wo er sich, ein leutseliger Seelenhirt, mit den Dörflern unterhielt. Dabei sprach er einen schweinehütenden Jungen an. „Nun, mein Sohn, wieviel hast du denn Schweine?" „Dreiundvärzsch." „So so. Wieviel bekommst du denn Lohn fürs Hüten?" „Zehn Taler." „Nun", entgegnete Röhr, „ich bin auch Hirte, ich bekomme aber über tausend Taler". Der Junge schaute ihn ein Weilchen an. „Machen Sie's hallewege (halblang), wo sinnse denn da?" „In Weimar." „Ach so, in Weimar. No, in Weimar wird's auch merre Schweine geben."

Eheliche Liebe

Im biedermeierlichen Weimar lebte ein Ehepaar von Schardt, das eng mit dem Dichter Zacharias Werner (1768–1823) befreundet war. Befragt, für wen sie die seidene Weste bestimmt hat, an der sie stickte, antwortete Frau von Schardt: „Wenn sie hübsch wird, bekommt sie Werner, wenn sie nicht hübsch wird, bekommt sie der gute Schardt."

Die alte Kuh

Luise von Göchhausen, die verwachsene Hofdame Anna Amalias, ging als „Gnomide" oder auch „Thusnelda" in den Stadt- und Hofklatsch ein. Wieland mochte das geistvolle Frauenzimmer. Wegen ihres boshaften Witzes und ihrer Schlagfertigkeit war sie sowohl gefürchtet als auch beliebt, je nachdem, wer gerade Zielscheibe ihres Spottes geworden war. Und manchmal war die Zielscheibe auch Luise von Göchhausen.

In der Stadt lief ihr einst eine Rinderherde über den Weg, was im Ackerbürgernest Weimar nichts Außergewöhnliches war. Ein Stier löste sich von der Herde und begann sich lebhaft für die bucklige Fußgängerin zu interessieren.

Die Gnomide stürzte sich mit Geschrei in den nächsten Laden und rief: „Entschuldigen Sie bitte – hier kommt eine alte Kuh!"

Nicht jemalt hängen

Als die Postkutsche die letzten Häuser Weimars hinter sich gelassen hatte, murrte ein mitreisender Berliner: „Das Weimar ist ein verflucht langweiliges Nest. Hier möchte ick nicht jemalt hängen."

Eine Gasse wird befriedet

Wie die Große und Kleine Totengasse im Jakobsviertel auf Wunsch der Anwohner im vorigen Jahrhundert in Große und Kleine Kirchgasse umbenannt wurden, erging es 1850 der Haderngasse, die seitdem Friedensgasse heißt. Allerdings hatte der Name nichts mit Streit, wohl aber mit den hier ansässigen Hadernhändlern (Lumpenhändlern) zu tun. Im Rödchen, dem Ausflugslokal am Ettersberg, wurde die Umtaufe gefeiert: „Daß hier von Hader keine Spur, / Daß Einigkeit und Liebe nur / Die Leute hier verbindet, / Damit hier alles besser passe, / Heißt diese Gasse Friedensgasse."

Die Boomschule bei der Kunstschule

Im kleinen Weimar, wo jeder irgendwie des anderen Nachbar war, waren auch die meisten wichtigen Gebäude nicht weit voneinander entfernt. Gegenüber der Kunstschule lag zum Beispiel die Baumschule. Als der Maler und Bühnenbildner Carl Emil Doepler 1860 nach Weimar kam, fragte er einen Barbiergehilfen nach der Kunstschule. Der sah ihn lange an, ehe er sagte: „Ja, heren Se, die Boomschule weeß ich, aber ene Kunstschule weeß ich nich."

Zufällig hatte der Maler gehört, daß ganz in der Nähe der Kunstschule in der Tat eine Baumschule war, und er wünschte zu wissen, in welcher Straße sie sich befinde. „Sähnse, daß Se zur Boomschule wolln, die liegt in der letzten Straße, rechts von der Marienstraße aus." Es blieb dem Ankömmling nichts anderes übrig, als nach der Marienstraße zu fragen, worauf er vom pfiffigen Figaro die Antwort erhielt: „Sähnse, ich hab mir doch gleich gedacht, daß Se kein Hiesiger sinn." Der Nachwuchsbarbier erbot sich, den Fremden bis zur Marienstraße zu geleiten.

Wenigstens keine Rotznase

Durch seine mächtige Nase und die dazu passende altväterliche Hornbrille war der alte Taubstummenlehrer Oehlwein unverkennbar.

Sein Lieblingsplatz war der Werthersche Garten (heute Theaterkasino), wo er sich in die Zeitung vertiefte und im übrigen nicht gestört zu werden wünschte.

Eines Tages hatte er jedoch seine Rechnung ohne einen Trupp Jenenser Studenten gemacht. Einer der Jungakademiker baute sich vor ihm auf und fragte: „Äh, sagen Sie mal, alter Herr, wo haben Sie denn die hervorragende Nase her?" Oehlwein beäugte ihn durchdringend durch seine Brille, bevor er das Journal aus der Hand legte. „Setzense sich mal her, das muß ich Se erzählen. Sehnse, wie die Nasen ausgeteelt waren, da kam ich ä bißchen späte. Petrus sahte gleich, ja Oehlwein, wu kömmst du erscht her. De röchtgen Nasen sinn schunne alle. Komm, da nemmer lieber gleich zwee." „Famos, alter Herr, das ist ja zum Brüllen", wieherte der Student. „No, lassense mich nur auserzähle", furh Oehlwein unerschüttert fort. „Also, ich war zufräden, s'war ooch gut, denn gleich droff kamen die Rotznasen, und su eene hunn Sie nämlich erwischt."

Elsa von Brabant und die Brangäne vom Schloßturm

Manche Weimarer, vor allem aus dem Bildungsbürgertum, lebten mit den Figuren aus den großen Opern und Schauspielen auch im Alltag. Der alte Klavierstimmer Brabandt hieß mit Spitznamen „Elsa" (nach „Elsa von Brabant" aus dem in Weimar uraufgeführten „Lohengrin"). Die Abendglocke vom Schloßturm, deren Klang die jungen Liebespaare im Park zur Trennung rief, war die „Brangäne" (nach Isoldes Dienerin und Mahnruferin in „Tristan und Isolde").

Frau Oberförster Nietzsche

Der Doppelname von Elisabeth Förster-Nietzsche, die ihren Bruder um 35 Jahre überlebte, gab Stoff für manchen Unfug ab. War einem Hausangestellten, der einer Gesellschaft die Ankunft der Schwester Friedrich Nietzsches zu melden hatte, der Rang zu popelig, so daß er sie eigenmächtig zu Frau Oberförster Nietzsche beförderte? Oder stimmt die Version, wonach zwei Gärtnerjungen zum Geburtstag einen Blumenstrauß zu überbringen hatte, wobei sie in der Hoffnung auf ein Trinkgeld die kleine Aufwertung vornahmen?

Frau Penthesilea von Kleist

Die Bildung der besseren Kreise (siehe „Elsa von Brabant") hatte gleichwohl ihre Grenzen. Folgendes Weimarer Salongespräch wird aus den 20er Jahren überliefert. Ein Herr erkundigte sich dezent, wer denn eine gewisse Dame sei. „Das weiß ich nicht. Aussehen tut sie wie die Penthesilea von Kleist", lautete die süffisante Auskunft. Später wurde der Herr selbst nach jener offensichtlich merkanten Dame gefragt. Seine Antwort: „Es soll eine Frau von Kleist sein, ihren komischen Vornahmen hab' ich vergessen."

Wunder der Zoologie

Weimars zerstreuter und kurioser Gymnasialprofessor hieß Weber. Zu Recht erstrahlte sein Ruhm aber nicht so hell wie der des Kollegen Galetti im säbelförmig gebauten Gotha („Ich sehe heute wieder so viele, die nicht da sind").

Alles, was Weber über andere Fächer als Griechisch und Latein zum Besten gab, war Lernstoff für ein wissenschaftliches Horrorkabinett: „E Reh is ooch nur e junger Hirsch." Oder: „E Wiesel is ooch nur ne Art Eidechse."

Von wegen „höhere Töchter"

Der Mathe-Lehrer Junker vom Sophienstift war gefürchtet wegen seiner Grobheit. Als die Mädchen von ihm gesiezt zu werden wünschten, entgegnete er barsch: „Ob ich nun du dumme Gans zu dir sage oder Sie dumme Gans, das ist doch egal."

Wo die sitzen, die immer hier sitzen

Ein Stammtisch im Kaisercafé (heute Sportartikelladen in der Puschkinstraße) tagte in den 20er Jahren täglich außer sonntags exakt von 18.17 bis 19.16 Uhr. Mitsitzer waren u. a. der Goetheforscher Hans Wahl, der Schriftsteller Heinrich Lilienfein, der Präsident der Deutschen

Shakespeare-Gesellschaft, Werner Deetjen, der Maler Alexander Olbricht, sein Kollege Walther Klemm und der Bildhauer Richard Engelmann (Schöpfer des Wildenbruch-Denkmals).

Sie alle wurden hinsichtlich verschrobener, messerscharfer Pünktlichkeit von einem Rat Kesselring übertroffen. Er trank seinen ersten Kaffee um 17 Uhr, ging nach Hause zum Abendessen, erschien wieder um elf Uhr abends, um den zweiten Kaffee zu schlürfen, und blieb, dann mit einem Schachpartner am Brett, bis zum Geschäftsschluß.

Im Hotel „Chemnitius" in der Geleitstraße ging ein Stammtisch als Mumienstammtisch in den Volkswitz ein; seine Gäste waren zusammengenommen 600 Jahre alt. Ein pensionierter Pfarrer von 87 präsidierte, ein Rat von 70 war der „junge Spund". Anzügliche Bemerkungen quittierten die alten Herren mit der Aufforderung: „Wenn ihr nicht alt werden wollt, laßt euch jung hängen."

Ein anrüchiges Stück Altweimar

Das Tonnenklo gehörte zweifellos zu jenen Weimarer Besonderheiten, die man vor den Augen und, wichtiger noch, vor den Nasen der Fremden zu verbergen sich bemühte. Inzwischen soll dieses technische Denkmal aus der Vorgeschichte der Sanitärinstallation jedoch verschwunden sein.

Daß das Plumpsklo tatsächlich zum Objekt der

Denkmalpflege werden konnte, klingt unglaublich, wird jedoch aus dem Jahr 1932 überliefert. Ort der Handlung: Schrickels Weinstuben am Markt (zerbombt am 9. 2. 1945).

In dieser Lokalität trafen sich Maler, Schriftsteller und andere Vertreter des Geisteslebens am Stammtisch, hier war ferner der Sitz der „Malerbank", eines Vereines zur Finanzierung idealistischer Bestrebungen. Auf einer Hauptversammlung hieß der Punkt 5 der Tagesordnung: „Verbesserung der Abortanlage und Schaffung einer Waschgelegenheit".

Das stieß auf den lebhaften Widerspruch des „Ilmathenbundes deutscher Intellektueller". Er flehte die Vereinsmitglieder an, den „schlichten Abortstil" aus „Weimars großer Zeit" bezubehalten. „Meine Herren, ich beschwöre Sie, lassen Sie ihre Hände von unserem Abort." Der Antrag des Abortanlagen-Ausschusses wurde zurückgezogen. Das Protokoll vermerkte: „Ein gefährdet gewesenes Stück Altweimar blieb erhalten."

Der Mann am Grunde

Auf den Schwanseeteichen wurde in alten Zeiten geeist, das heißt, die Brauereiarbeiter sägten in kalten Wintern Eis heraus, das sich in tiefen Kellergewölben lange hielt, als willkommener Kältespender für wärmere Tage. Wenn der sägende Arbeiter gefragt wurde, ob die Arbeit schwer sei, pflegte er zu antworten: „Hier oben geht's, der annere ungne am Grunde, der hat's schwerer."

Einer reicht ja

Der Maler Klotz aus der Schloßgasse wurde zu Zeiten des letzten Großherzoges festgenommen und aufs Polizeirevier gebracht, weil er öffentlich ausgerufen hatte: „Wir brauchen keinen Großherzog mehr!“

Vor dem Untersuchungsrichter stellte er die Sache klar. Sachsen-Weimar habe ja schließlich einen Großherzog, und mehr als einer werde wohl nicht benötigt. Man ließ Klotz laufen. Gelegentlich hatten Amtspersonen Sinn für Humor oder wenigstens eine gesunde Angst davor, sich bis auf die Knochen zu blamieren.

Eben nicht auf den Kopf gefallen

Gegenüber dem Bauernheim (heute Fachschule für Sozialpädagogik) in der Schwanseestraße wuchs ein neues Bankgebäude in die Höhe. „Was issn das fürn grußes Haus?“ fragte Stadelmanns Osse (Oswald, Oskar, Oswin) aus Bärlscht (Berlstedt) einen Weimarer. „Das is unser Irrenhaus. Für die Bauern aufm Land.“ „Su su. Das ha'ch mir doch gleich gedacht. Für die Städter wär's ja doch zu kleene gewest.“

Die krumme Neune

In dem Olymp der Droschenkutscher sitzt Emil Göpfert auf dem Bock und beschaut sich die Welt von oben wie früher die Straßen von Weimar. Kutscher Nummer 9, genannt die „Krumme Neune“, verwandelte sich namentlich vor Denkmälern vom Gespann- in einen Fremdenführer. Vor dem Goethe- und Schiller-Denkmal: „Wissense, warum Goethe ablehnt, als Schiller ihm den Kranz hinhält? Der denkt, behalte ihn nur scheene, ich möchte nicht die Ewigkeit auf dem Podeste 'rumstehen und den Kranz halten.“

Am Wielanddenkmal angekommen, erläuterte er den verdutzten Fahrgästen: „Sehnse, dort steht das Kolumbusdenkmal.“ „Wieso Kolumbus?“ „Sehnse nisch, wie er die Hand in den Wind hält und dabei ruft 'Wie, Land?'“ In der Belvederer Allee ging die unorthodoxe Stadtführung weiter. „Hier backen die Leute den Eierkuchen nur auf der einen Seite.“ Fragende Blicke der Passagiere. „Weil auf der anderen Seite keine Häuser sind.“

Als Prophet erwies sich Droschkenkutscher Nummer 9 im Hinblick auf den Maler Christian Rohlfs. Der war auf Grund einer schweren Körperbehinderung mehr als andere auf die guten Dienste eines Kutschers angewiesen. „Der Professor“, so betitelte er seinen Fahrgast, obwohl dem die Würde damals noch nicht zustand, „is ä Genie. Ich seh's am Koppe.“

So frei nun auch wieder nicht

Die Nachfolger der Rosselenker, die Taxifahrer, waren ihnen an PS-Zahlen überlegen und im Mundwerk ebenbürtig. Stürzt ein Mädchen aus der Bahnhofshalle. „Schofför, sinnse frei?“ „No freilich, wo wollnsen hin?“ „Nachm Standesamte, aber fix.“ „Su, nachm Standesamte – nee, so frei bin ich nun auch wieder nicht.“

Was nach uns kommt

Zwei Studenten durchstreiften Weimar, verweilten mal vor dieser, mal vor jener Gedenktafel. „Hier wohnte Goethe“, „Hier wohnte Schiller“, „Hier wohnte Wieland“.

Das steinerne Adreßbuch stimmte einen der beiden nachdenklich. „Und was wird bei uns dranstehen, wenn wir nicht mehr dort wohnen?“ Lakonische Antwort: „Zu vermieten.“

Von Bauern und Bäckern – aus dem Erwerbs- und Gewerbeleben

Die ortsansässigen Gewerbetreibenden hätten nicht immer das Nonplusultra an Geschäftstüchtigkeit verkörpert, wurde ihnen von Zeit zu Zeit angekreidet. Das bedarf einer Erklärung: Jahrhundertelang lebten und arbeiteten sie im Dunstkreis des Hofes; die Konkurrenz in der Stadt war schwach und die der Nachbarstädte stark. Die Industrie entwickelt sich spät. Das Hoflieferantentum war den Kaufleuten und Handwerkern so in Fleisch und Blut übergegangen, daß viele den Titel noch Jahre nach der Novemberrevolution 1918 im Schilde führten.

Und doch ist gerade ein Mann wie der legendäre Hofbäcker Schmidt ein Beweis dafür, daß Anhänglichkeit an Tradition nicht unbedingt gleichbedeutend ist mit Mangel an Tüchtigkeit. Der Hofbäckermeister mit dem bezeichnenden Spitznahmen „Graf Arno“, ein Original, wie es endlich im Buch zu stehen verdient, warb geschickt für die Produkte seiner Backstube, war einer der ersten Handwerker, der ein Auto in seinen Dienst nahm, und überhaupt der erste in Weimar, der in Sachen Eigenwerbung sogar ins Flugzeug stieg.

Umweltsünder anno 1586

Der erste reuige Umweltsünder der Stadtgeschichte hieß Lorenz Neumeyer. Caspar Koch ging dagegen in die Chronik unrühmlich als der nachweislich erste reulose Verschmutzer der Umwelt ein.

Beide trieben Handel mit Waid, der im späten Mittelalter im Weimarer Land sehr häufig angebauten Pflanze, die blauen Farbstoff spendete. Die verarbeiteten Ballen müssen einen infernalischen Gestank ausgeströmt haben, der selbst die Nasenschleimhäute der an herbe Gerüche gewohnten Stadtbürger jener Zeit überreizt haben mag. 1586 fühlten sich jedenfalls die Besucher der Stadtkirche vom Geruch der Waidhäuser auf dem jetzigen Herderplatz so belästigt, daß sie darauf drängten, den Waid an einen anderen Ort zu schaffen. Einer der beiden Händler, Lorenz Neumeyer eben, ließ die Luftlöcher an seinem Waidhaus „gegen die Kirche hin" zumauern, der andere hingegen, Caspar Koch, stellte sich „trotziglich".

Waidanbau und -handel waren damals schon im Niedergang. Der 30jährige Krieg beendete dieses Kapitel der thüringischen Landwirtschaft. Aus Indien wurde immer mehr des leuchtenderen Indigos eingeführt.

Was man hat, das hat man

Während der 1848er Revolution versammelten sich Landleute aus der Umgebung auf dem Markt, die Quersäcke auf den Schultern hängen hatten. Der Schauspieler Eduard Genast fragte einen von ihnen, was er treibe: „S' hat mir eener gesaht, daß hinten das Kammervermeegen geteelt werd, und da wullt ich mer meenen Teel gleich mitnahme."

Eine haarige Unterstellung

1884 eröffnete Spiridion Knesevits, ein früherer Diener Franz Liszts, in der Wielandstraße 3 ein Tabak- und Zigarrengeschäft, das für drei Generationen in der Familie blieb. Jetzt beherbergt es wieder einen Tabakwaren- und Zeitungsladen.

„Spiridione grandissimo", wie er von Liszt nicht ohne Zuneigung genannt wurde, stammte aus Montenegro und wußte sich in sechs Sprachen zu verständigen, weshalb vor allem des Musikers Auge auf ihn gefallen war.

Hartnäckig hielt sich in Weimar das Gerücht, er habe die von ihm ausgekämmten Haare des Meisters an Souvenirjäger veräußert und sich von dem Erlös den Laden gekauft. Die Nachrede ging als Erblast auf Spiridions Sohn Johannes über. Um die entsprechende Stelle aus einem Lisztbuch (Eduard von Liszt, „Franz Liszt, Abstammung, Familie, Begebenheiten") streichen zu lassen, schrieb er einen Brief an den Verlag: „Daß mein Vater die ausgekämmten Haare jahrelang gesammelt habe, ist eine nicht nur leichtfertige, sondern bewußte Entstellung. Umschläge von Briefen großer Persönlichkeiten hat er aufgehoben, und mit ihnen hat er die Verehrer Franz Liszts nach dessen Tod erfreut."

Die letzte Reliquie der Familie Knesevits war ein Liszt-Porträt mit eigenhändiger Widmung, das noch bis in die Nachkriegszeit im Laden hing. Der Leipziger Musikdirektor und Blasorchesterchef Werner Krumbein hat es gekauft.

Seifferts Oscar mit der großen Fresse

Seifferts Oscar gehörte nicht nur seiner Heimatstadt Leipzig, sondern ganz Deutschland und mithin Weimar. Wenn der wortgewaltigste Jahrmarktsschreier des Jahrhunderts, „Seifferts Oscar von der Leipziger Messe mit der großen Fresse", mit seiner Anne nach Weimar kam, lohnte sich allein seinetwegen der Gang zum Markt, auch wenn man keine Schnürsenkel oder neue Socken kaufen wollte.

Zwei Kostproben aus dem Repertoire des Verkäufers: „Wenn Sie Geld sparen wollen und trotzdem Leute zum Essen einladen müssen, dann sind diese Bestecke gerade die richtigen. Da ißt niemand, die Leute gucken immerfort auf Messer, Gabel und Löffel, so einmalig sind die."

Noch handfester wurde Seiffert beim Anpreisen der Mundharmonika: „Vorne sind die Mundlöcher, hinten die A…, Verzeihung, die Schallöcher."

Im Leipziger Viertel an der „Kleinen Messe“ lebt er sogar in einem Straßennamen weiter.

Der Bäckermeister, der in die Luft ging

„Er wohnt zwar auf dem Frauenplan, doch meistens lebt er in dem Schwan.“ So dichtete der Volksmund in den 20er Jahren, als der „Weiße Schwan“ noch ein Treffpunkt der Nachbarschaft und keine Schlemmeroase für betuchte Touristen war, über Weimars berühmtesten Bäckermeister, den „Hofbäcker“ Arno Schmidt, der sich noch als solcher bezeichnete, als längst kein Hof mehr mit der duftenden Backware aus seinem Ofen zu versorgen war. Wegen seines imposanten Getues ließ er sich gern „Graf Arno“ nennen. Vor seinem Wohnzimmerfenster hatte der Schöpfer der „Graf-Arno-Semmeln“ eine Figur installiert, von der man, je nachdem, wie sie gedreht war, ablesen konnte, ob der Meister zu Hause war oder nicht. Meist war er nicht (siehe oben).

Der Höhepunkt seiner Laufbahn im wörtlichsten Sinne war zweifellos der angekündigte Flug über die Stadt. Er drehte ein paar Runden und ließ seinen grünen Hut fallen. Dem ehrlichen Finder hatte er zuvor in der Zeitung zwanzig Reichsmark versprochen.

Das Ergebnis war, daß des Bäckermeisters Hut siebenmal im Laden abgegeben wurde.

Taler im Schlafrock

Man konnte ihn nur grimmig nennen, den Blick, den Graf Arno auf die 30 Brote warf, die noch von gestern im Laden lagen. Er steckte sich eine Zigarre in den Mund, ging hinüber in den „Schwan" und dachte nach. Die Gaststuben waren voll von Bauern und Marktweibern. „Na Meister", fragte der Wirt, als er des Stammgasts ansichtig wurde, „du bist wohl mit dem linken Bein zuerst aufgestanden? Oder sind dir die Anisplätzchen verbrannt?"

Der Angesprochene machte einen tiefen Seufzer und erzählte eine Geschichte, bei der es in der Gaststube immer ruhiger wurde, weil immer mehr Bauern und Marktfrauen die Ohren spitzten. „Du weißt doch, der Müller kriegt noch Geld von mir. Und ich kriege Geld vom Elephantenwirten, dem ich Brot liefere. Gestern früh, wie ich am Troge stehe und Brotteig einmenge, kommt der Wirt und zahlt seine Rechnung, zweihundert Mark in lauter Zehnmarkstücken. Ich sagte ihm, die Quittung soll ihm meine Frau schreiben, ich hätte die Pfoten voll Brotteig.

So geschah es denn auch; der Wirt war's zufrieden, er ging, aber dafür kam der Müller, der mit der Rechnung wedelte. „Meine Zwanzigmarkstücke wollte ich aber noch eine Weile behalten. Ich greife hin und werfe die zwanzig Füchse in den Teig, seh' gerade noch, wie sie im Schlampen ersaufen."

Dem Bäcker gelang es, beim Müller Zahlungsaufschub zu erreichen, und beide zogen sich zu einem Bierchen zurück. Und dabei blieb es nicht. Indessen hatte Frau Meisterin veranlaßt, daß das Brot fertig gemacht und in den Ofen geschoben wurde. „Nun weiß ich nicht, was ich machen soll“, schloß der Bäcker vom Frauenplan seine Erzählung in der nun totenstillen Kneipe. „Das heutige Brot ist schon verkauft, nun muß ich wohl oder übel das Brot mit den Talern verkoofe ...“

Die Gaststube hatte sich geleert. Jedermann und jedefrau strebte zur Bäckerei gegenüber.

Als der Meister, mit schwerer Schlagseite, versteht sich, die heimische Schwelle überschritt, fragte ihn die Meisterin. „Was ist nur los, die Marktleute haben mir den Laden gestürmt. Ich habe kein einziges Brot mehr, und zehn Leute hab' ich schon fortschicken müssen.“ „Das kann ich dir nicht erzählen“, brummte der Bäcker, der auf schnellstem Wege ins Bett wollte.

Von den Brotkäufern verlautete ebenfalls kein Sterbenswörtchen, außer von Triefels Theodor, der ein Vierteljahr später dem Meister anvertraute, wie er das Brot zerkrümelt habe, um den Schatz zu heben. „Mir wird's heute noch schlecht, wenn ich dran denke, wie ich fünf Tage nischt anders gegessen habe wie dicke Schlappermilch mit Zucker und Zimt, weil die Brotkrümelchen nicht umkommen sollten.“

Prinzenwort für Champagner

1926 wurde der backende Graf Arno von dem Hochstapler Harry Domela, der sich als Prinz von Preußen ausgab, vor aller Öffentlichkeit lächerlich gemacht. Der auf den Adel versessene Hofbäcker, der den Mann aus Lettland im „Fürstenkeller" aufgegabelt hatte und mit ihm von Lokal zu Lokal zog, war ein gefundenes Fressen für den falschen Prinzen und zugleich das letzte Opfer vor seiner Inhaftierung.

Zum Schluß verkaufte die selbsternannte Hoheit dem Brotmacher ein Autogramm von sieben Worten für fünf Flaschen Champagner der besseren Sorte „Heidsieck Monopol" pro Wort, was eine Batterie von 35 Flaschen ergab. Im Gästebuch des „Goldenen Adlers" – er wurde von den Bomben im Februar 1945 zerstört – verewigte sich das ungleiche Paar wie folgt: „In fide robur" (sog. Prinz von Preußen) und „Es gibt auf Erden ohne Zweifel auch heute noch so manchen Teufel, und wo ein solcher Teufel haust, da gibt es auch so manchen Faust." (Schmidt). Von Amateurlyrikern gibt es Schlechteres.

Der Pseudo-Graf hatte also im Pseudo-Prinzen seinen Meister gefunden. Domela indes hatte Lebensart auch ohne blaues Blut: In seiner Autobiographie „Der falsche Prinz" ließ er den närrischen Bäckermeister gnädigerweise als „Arno Schlosser" auftreten.

Wintermantel für die Wäldlerin

Die ältere Frau war vom Thüringer Wald heruntergekommen, um im eleganten Weimar einen Mantel zu kaufen. Wo konnte man das besser als bei Sachs & Berlowitz in der Schillerstraße? Der Mitinhaber, Herr Berlowitz, bediente selbst und entnahm dem Gespräch, daß die Frau „auf dem Wald“ zu Hause war.

Nach dem Kauf fragte Berlowitz die Kundin, was die Fahrt von Stützerbach nach Weimar gekostet habe. „Gut, ziehen wir den Preis der Fahrkarte vom Preis des Mantels ab, beehren Sie uns bald wieder!“

Ruhetag für Pferde

Einer der letzten Gespannführer der Ehringsdorfer Brauerei war Andreas Niebergall, seltsamerweise „Hans“ gerufen. Er trat als 14jähriger in den Dienst der Firma und blieb ihr 50 Jahre lang treu.

In der Liebe zu den ihm anvertrauten Rössern ließ er sich von niemandem übertreffen. Wenn sonntags ein Kneiper noch ein Faß Bier bestellte, ließ Niebergall den Gäulen die, wie er meinte, wohlverdiente Sonntagsruhe und zuckelte mit dem Handwagen los.

Marathon mit einer Zwiebelkarre

Im Oktober 1968 machte sich Günter Kunze, Feldbaubrigadier der LPG „Thüringer Pforte“ in Heldrungen, dem Herkunftsort der Zwiebelrispen, mit einer Karre und zwei Zentnern des mehrschaligen Gemüses zu einem zwölfeinhalbstündigen Fußmarsch auf. Sein Ziel war der Zwiebelmarkt im 48 km entfernten Weimar mitsamt dem als Wettpreis ausgesetzten Faß Bier. Es regnete ohne Unterlaß.

Der Mann verfügte über gutes Schuh- und schlagfertiges Mundwerk. Befragt, ob er nicht wenigstens ein Pferd hätte auftreiben können, erwiderte er: „Ach was, Pferd. Ich habe sogar zwei Autos zu Hause, wollte sie aber im Regen nicht dreckig machen.“

Die Herren leben ja noch

Am 30. Juni 1966 schloß für immer das Feinkostgeschäft Gewalt Nachfolger am Markt 21. Die beiden alten Damen, die im dämmrigen Lädchen ihr Lächeln einschalteten, wenn die Glocke erschallte, standen kurz vor der Schließung einem Lokalreporter Rede und Antwort über prominente Stammkunden der Vergangenheit. „Die Herren vom Bauhaus waren oft hier, Professor Klee und Professor Feininger. Theo Neubauer mit seiner Familie, er hat gern hier eingekauft ...“ Und Johannes Schlaf, Ernst Hardt, Hans Wahl, Bruno Hinze-Reinhold desgleichen.

„Auch jetzt halten uns einige sehr bekannte Herrschaften in Weimar die Treue, die es sehr bedauern, daß wir schließen. Sie verstehen, daß wir keine Namen nennen können … Die Herrschaften leben ja noch."

Ein Buch, das vom Handel handelte

In jedem DDR-Einzelhandelsgeschäft, und wenn sein Sortiment meilenweit von dem einer Buchhandlung entfernt war, lag ein Buch aus: das Kundenbuch. In ihm konnten die Kunden ihre Kritik, manchmal ihre Wut ablassen, aber auch dem Verkaufsstellenkollektiv Lob zollen. Von der vorgesetzten Dienststelle, an deren Tür die drei Wörter „Handel und Versorgung" standen, wurden die Bücher regelmäßig kontrolliert.

Im Kundenbuch der Fisch-HO in der Windischenstraße (heute ein italienisches Ristorante) hatte ein verzweifelter Feinschmecker angefragt, wann denn endlich Räucheraal eintreffe. Dazu muß man wissen, daß der Aal für den ostdeutschen Fischesser denselben mythologischen Rang hatte, wie für den Südfruchtfan die Banane und für den Gemüseliebhaber der nur noch in Berlin greifbare Spargel.

Auf der gegenüberliegenden Seite des Kundenbuches hatte ein anderer Kunde nur ein Wort geschrieben: „Geduld".

Wo man sich mit Bratwurst durchwurstelte

„Die Beköstigung war in vielen Familien recht einfach. Da kam die Kochkunst zu Ehren, die das Einfache schmackhaft zu machen wußte. In jeder Familie gab es irgend ein Glanzstück, das in der Bekanntschaft gerühmt wurde, einen Kuchen, einen Braten oder sonst etwas Apartes." Es ist die bürgerliche Kochkunst des 19. Jahrhunderts, an die sich Charlotte Krackow, die letzte Hausherrin des Kirms-Krackow-Hauses in der Jakobstraße, hier mit Sympathie erinnert. Was Essen und Trinken in Weimar ausmacht, was es gar unverwechselbar macht, ist heute schwerer denn je zu sagen. Koch- und Backkunst, ja sogar die Tischsitten sind einem immer rascher werdenden Wandel unterworfen. Selbst der fast schon geheiligte Brauch der Hausbäckerei, der im vorweihnachtlichen Ritual des Schittchenbackens gipfelte, gehört der Vergangenheit an. Ist der Spuckkuchen, der mit nicht entsteinten Kirschen gebackene Obstkuchen, inzwischen nicht mehr als eine freundliche Erinnerung? Wer könnte noch etwas mit „Salzknochen" anfangen, den eingepökelten Rückgratknochen vom Schwein mit viel Fleisch dran, die früher zur Winterzeit in jedem Gasthaus gereicht wurden?

Die „rohen Klöße" sind nicht nur weimarisch, sie schwimmen im großen Topf des Thüringer kulinarischen Erbes. Mit ihnen verhält es sich wie mit dem Schittchen:

Die Zahl der Haushalte, die sich noch der sonntäglichen Mühsal des Kartoffelreibens und des Pressens der Kloßmasse unterziehen und das käufliche Fertigprodukt standhaft verweigern, dürfte mit der Jahrtausendwende bei Null angekommen sein. Auch die Rostbratwurst und das Rostbrätel – ein unpaniert gebratenes Stück Schweinekamm – teilt Weimar mit dem ganzen Landstrich zwischen Thüringer Wald und Harz, Werra und Weißer Elster, wo die Bratwurstroste, die „Altäre der Geselligkeit" (Helene Böhlau), rauchen.

Manche Gerichte in Kochbüchern und auf Speisekarten, wie „Weimarer Zwiebelmarkthaxe", „Ehringsdorfer Entenkleinsuppe" und Lammsteak „Zwiebelmarkt" entstammen eher der Phantasie als der Regionalküche. Sie sind so weimarisch wie die Pizza Margherita. Bleiben zwei bodenständige Backwaren, die den Stürmen der Zeit getrotzt haben: der Zwiebelkuchen und der Rückling (von Roggen), ein aus zwei Dritteln Semmel- und einem Drittel Brotteig gebackenes, mit Salz und Kümmel bestreutes Brötchen, sozusagen das spartanische Gegenstück zum üppigen, bezuckerten Weihnachtsschittchen.

Literarisches Sauerkraut

Goethe war ein guter Esser und ebensoguter Gastgeber. „Das Mittagessen bei ihm war ungemein splendid", schrieb Wilhelm Grimm 1809. „Es gab Gänseleberpasteten, Hasen und dergleichen Gerichte" Ein Gericht aber konnte Goethe nicht ausstehen, und deshalb waren auch seine Gäste davor sicher: Sauerkraut. Er beklagte sich offen darüber, daß er es zu oft bei Herzogin Anna Amalia in Tiefurt vorgesetzt bekomme.

Als das wieder einmal geschah, stand er einfach vom Tisch auf und ging in das Nebenzimmer, wo ein Roman von Jean Paul lag. Nachdem Goethe einige Seiten gelesen hatte, warf er den Band wütend zu Boden und rief: „Erst Sauerkraut und dann Jean Paul, das halte ein anderer aus."

Butter nach Geschmack des Hofes

Als der junge Herzog Carl August und der acht Jahre ältere Goethe durch die Dörfer des Herzogtums streiften, oft unerkannt, trieben sie manchen schlechten Scherz. Einer schlug derart auf seine Urheber zurück, daß sich dem Herzog und seinem Dichterfreund der Magen herumdrehte.

Einst führte sie der Weg zur Walkmühle an der Straße nach Taubach. Frau Vent stand am Butterfaß, als die beiden Fremden, Städter offensichtlich, eintraten und um ein Glas Milch baten. Sie versprach, ihnen die Milch zu holen, bat sie aber, derweil die Buttermasse zu stampfen, weil die nicht stillstehen dürfe. Carl August stampfte, mißtrauisch beäugt von der Katze; als habe sie einen stillen Verdacht, wer der Butterstampfer sei. Aber noch ehe sie ihn durch lautes Miauen äußern konnte, packte Goethe sie am Schopf und steckte sie ins Butterfaß.

Die beiden Fremden kippten ihre Milch herunter, knallten zwei Fünfgroschenstücke auf den Tisch (ein wahrhaft fürstliches Trinkgeld) und verließen die Walkmühle wie zwei ertappte Diebe. Zwei Wochen verstrichen, bevor sie sich an den Ort der Schandtat zurückwagten. Das Gewissen hatte in der Zwischenzeit an ihnen genagt, sie wollten die Sache ins Reine bringen. Nach vollbrachter Beichte ist die Müllerin zu ihrer Erleichterung weniger böse, als sie befürchtet hatten. „Ihr Schindluder! Nur gut, daß ihr gerade den Peter erwischt habt, der hatte sowieso die Räude.“ Nun, dennoch wolle man der wackeren Frau den Schaden, der ihr durch die verdorbene Butter entstanden sei, auf Heller und Pfennig ersetzen. „Die Butter? Ach wo, die ha'ch nach Weimar getrache, ich liefre nämlich in die Hofküche. Die sinn nich so wählerisch, die fressen alles.“

Nachtmahl bei den Erben

Nimm das Essen vom Tisch, Besuch steht vor der Tür, heißt es bei Leuten, die mit Gastfreundschaft wenig im Schilde führen. Es war jedoch nicht Geiz, der Goethes Schwiegertochter Ottilie (1796–1872) zur spartanischen Bewirtung ihrer Gäste zwang, sondern zunehmende Armut. Immer dann, wenn die letzten Besucher das Teekränzchen im Haus am Frauenplan, das erst 1885 öffentliches Museum wurde, verlassen hatten, begannen leckere Küchendüfte durch die Räume zu ziehen. Es war öffentliches Geheimnis, daß Goethes erst zur Nacht aßen, wenn die mit Zwieback abgespeisten Gäste gegangen waren. Das nahm ihnen niemand übel, war es doch ebenso stadtbekannt, daß Goethes Nachkommen nicht Geld genug hatten, um ihre Gäste mit Gänseleber und Hasen zu erfreuen, wie es einst am Frauenplan Brauch gewesen war.

Die Kaffeekanne als Friedenspfeife

Essen und Trinken hielt in Weimar wie anderswo nicht nur Leib und Seele zusammen, es kittete auch zerbrochene Freundschaften. Bei dampfendem Kaffee und duftendem selbstgebackenem Kuchen heilten die Wunden rascher.

Einmal war die Wohnung des Stadtorganisten (von 1834 bis 1870) und berühmten Orgelbautheoretikers Johann Gottlob Töpfer Schauplatz einer solchen Versöhnung. Die eingeladenen Frauen waren alle mit der gastgebenden Frau Töpfer befreundet, aber untereinander spinnefeind. Die Frau des Stadtorganisten behalf sich, indem sie die feindlichen Lager in zwei verschiedene Lauben ihres Hausgärtchens in der Asbachstraße verteilte.

Noch kreuzten sich feindselige Blicke und flogen anzügliche Bemerkungen hin und her. Die Wirtin, die wie ihr Mann und ihr Haus sehr klein geraten war, gab Obacht, daß sich die Kaffeetassen nicht leerten. Ihr selbstgebackener Kuchen war von ebenso gutem Ruf wie das selbstbereitete Kirschwasser. Zum Schluß saßen die einst feindlichen Schwestern friedlich beisammen und tauschten zum Zeichen der Versöhnung ihr Strickzeug aus.

Das Verhältnis von Tisch zu Bett

Kein Wunder, daß Karl Gutzkow, Schriftsteller und Generalsekretär der Deutschen Schillerstiftung, von Schlaflosigkeit geplagt wurde. Denn kaum ein Tag verging in seiner Weimarer Zeit Anfang der 60er Jahre des vergangenen Jahrhunderts ohne ein üppiges Abendessen in der „Erholung“ am Karlsplatz (heute „mon ami“ am Goetheplatz). Er gab aber die Schuld nicht dem fünf vor Zwölf genossenen Beefsteak à la nature, sondern dem Bett.

Sein Groll auf die eigene Schlafstätte steigerte sich noch nach einer Leipzig-Reise. Dort war er so spät im Hotel eingetroffen, daß Küche und Keller bereits geschlossen waren. Schlimmer noch: Gutzkow mußte sogar ohne einen Bissen Brot das Nachtlager aufsuchen. Das Ergebnis war überraschend – niemals im Leben glaubte der Schriftsteller so gut geschlafen zu haben. Zum Befremden des Hoteliers kaufte er ihm das Bett ab und schickte es nach Weimar, um ein für allemal von Schlafstörungen verschon zu sein.

Weit gefehlt. Die Zauberkraft des Leipziger Bettes blieb schon in der ersten Nacht nach Gutzkows Rückkehr aus. Der Herr Generalsekretär hatte in der „Erholung“ von seinem wundersamen Schlaferlebnis berichtet und dabei eine Semmel nach der anderen in den Mund geschoben. Und den immer noch vorhandenen Freiraum im Magen durch ein Riesenschnitzel mit Bratkartoffeln gefüllt.

Als König immer im Dienst

Der Schauspieler Otto Lehfeld, der 1861 an die Weimarer Bühne engagiert wurde, war so von sich überzeugt, daß er glaubte, durch bloßes Aufsagen des Alphabets die Zuhörer zu Tränen rühren zu können.

Auf der Bühne spielte er Glanzrollen, den Lear etwa, den Wallenstein und den Tell, in seiner Wohnung vorzugsweise den Haustyrannen. Er fühlte sich dann noch immer als Held oder König, beanspruchte königliche Verpflegung. Einen Teller Schinken, den ihm seine Frau Klara (ebenfalls Schauspielerin) vorsetzte, warf er mit den Worten zum Fenster hinaus: „Das ist kein Essen für einen König!“

Kindtaufe bei Malers

In der Familie des Malers und Preller-Schülers Sixt Thon wurde die Taufe des zweiten Kindes gefeiert. Das ältere, ein vierjähriger Junge, hielt bei der kirchlichen Handlung das Mützchen des Täuflings. Bei der Bitte „Unser täglich Brot gib uns heute“ zupfte er den Vater am Rockschoß und sagte allseits vernehmlich: „Vater, gib mer ooch e Butterbrot!“

Mahlerlohn aus der Räucherkammer

Niemand würde sich unterstehen, ein Bild des großen Christian Rohlfs als Schinken zu bezeichnen, auch wenn er zuweilen größere Formate malte. Daß er aus der Räucherkammer stammende Naturalien, worunter Schinken war, als Honorar nicht verschmähte, steht auf einem ganz anderen Blatt.

Bei einem Winterspaziergang sinnierte der Weimarer Fleischermeister Zuckschwert: Der Schnee ist tatsächlich blau, grünlich der Himmel, die Baumstämme sind purpurrot. „Den Maler würde man auslachen, malte er ein solches Bild. Und dennoch hätte er recht."

Der Maler, der sich just dieses Motiv ausgewählt hatte, stand in der Nähe an der Staffelei: Christian Rohlfs. Der Fleischer wollte das Bild, rasch war man handelseinig. Der Künstler, dem ohnehin nachgesagt wurde, er sei von der figürlichen zur Landschaftsmalerei übergegangen, weil Modelle Geld kosteten, die Landschaft aber umsonst zu haben sei, bekam ein Jahr lang an jedem Monatsanfang einen Schinken und jeweils am 15. des Monats zwei Würste.

Was in Weimar die Wurst kostet

Denkst du darüber nach, was in Hamburg die Butter kostet? Dies war einst eine verbreitete Redensart. Die Meister der bildenden Kunst bewegte in der ärmlichen Zeit nach dem ersten Weltkrieg eine ähnliche, allerdings

Weimar betreffende Frage. Als Oskar Schlemmer den neuberufenen Bauhaus-Formmeister Paul Klee am Bahnhof abholte, war die erste Frage des Ankömmlings „Wie sind in Weimar die Fleischpreise?“

Schittchen von Belvedere bis zum Ettersberg

Mag der Weihnachtsstollen aus Dresden oder vom Bäcker an der Ecke noch so gut munden und der Nase mit noch so lieblichem Duft schmeicheln, es bringt die Zeit nicht zurück, da das üppige Gebäck noch „Schittchen“ genannt und sein Teig zu Hause zusammengerührt wurde.

Nur der eigentliche Backvorgang wurde dem Bäcker überlassen. Der Schittchen-Backtag war einer der aufregendsten Tage im Jahr. Wehe, wenn sich der Teig erkältete! Die Hausfrauen kamen selbst mit Zucker und Butter in die Bäckerei zum Bestreichen ihrer Mehl-, Mandel- und Rosinenkompositionen.

Mit großer Teilnahme hörte man dann bei Tische, wem die Schittchen diesmal am besten geraten und mit großer Freude, wem sie mißraten waren.

Dem Hofbäcker Arno Schmidt vom Frauenplan wurde nachgerühmt, er backe in der Vorweihnachtszeit so viele Schittchen, daß man sie in einer Reihe von Belvedere bis zum Ettersberg legen könne. Besonderer Popularität erfreuten sich die Schittchenkrümel. Ein Genießer dichtete: „Kaffee in der warmen Stube, und ein Schittchenronks dazu, Krümelchen ein halber

Zoll, jeder ramschte sich genüßlich seine Ongertasse voll."

Wenigstens kein Spuckkuchen

In der Hofküche wurde der Kirschkuchen, anders als sonst in Thüringen üblich, mit entsteinten Kirschen gebacken, wohl, um den hohen Herrschaften die profane Tätigkeit des Spuckens zu ersparen. Auch in der schwäbischen Heimat Friedrich Schillers muß diese Art Kuchen ungewöhnlich gewesen sein, war jene Backware doch das einzige, das ihn bei seinem sommerlichen Empfang 1787 in Tiefurt beeindruckte. Er schrieb an Gottfried Körner in Dresden: „Es wurde Tee gegeben und Kirschkuchen, der, nebenhergesagt, ganz vortrefflich schmeckte und keinen Stein hatte, und von allem Möglichen viel schaales Zeug geschwatzt."
Ansonsten empfand er viel Mißmut und eine ausgeprägte Abneigung gegen Anna Amalias Hofdame, Fräulein von Göchhausen. Ohne Kirschkuchen, entsteinten zumal, wäre Schillers Besuch wohl ein völliger Fehlschlag gewesen.

Der Zucker zerging auf der Zunge

Eine gewisse Bratwurstromantik, die tief in der Vergangenheit verwurzelt ist (Genast erwähnt die Bratwurstbuden im Weimarer Umland schon 1800) sollte nicht den Blick dafür trüben, daß die Bratwurst keine Alltagsspeise, daß im Gegenteil beim Essen und Trinken gespart wurde, wo es nur möglich war. Auf dem Volksfest mußten Frau und Kinder mit halbierten Würsten vorliebnehmen, während einzig dem Familienvater ein ungeteiltes Exemplar zustand.

Bei der Familie Riese in der Marienstraße hing im frühen 19. Jahrhundert während der Kaffeetafel ein Stück Kandiszucker an einem Faden über der Mitte des Tisches von der Decke herab. Jeder, der Kaffee trinken wollte, nahm das Stück vorher in den Mund.

Als dem Zwiebelkuchen Flügel wuchsen

Heinrich Schaeffer, der in Weimar geborene Postbeamte und humoristische Schriftsteller, hat die Figur des Posthilfsboten Säbelbein erschaffen. Auch in seiner blühendsten Phantasie wäre er nie auf einen fliegenden Zwiebelkuchen verfallen – Beweis dafür, daß die Realität noch immer den Dichter beschämen kann.

Kurz vor dem ersten Weltkrieg war Schaeffer zu einem Zwiebelkuchen-Mittagessen ins Asbachviertel eingeladen. Mit einem Cognak stimmte er sich auf den Hochgenuß ein. Aber ach, die Enttäuschung war schlimmer, als wenn die rohen Klöße am Sonntag hart werden oder die Weihnachtsschittchen „sitzenbleiben“. Das riesige Blech, 1,50 m im Durchmesser, das der Stift vom Bäcker Venus auf dem Kopf trug, war leer. Herzbrechend schilderte der Bäckerjunge sein Mißgeschick: Auf dem Weg habe sich ein Windstoß unter dem Kuchen verfangen und ihn heruntergeweht.

Schaeffer behalf sich nach Art der Dichter: Er schrieb sich den Schmerz von der Seele. Auf dem Deckel eines Schuhkartons reimte er: „Wandrer, zieh vorbei mit Fluchen, hier liegt der schöne Zwiebelkuchen.“ Das Schild hämmerte er an einen Zaun nahe der Unfallstelle, wo es Monate hindurch zu bewundern war.

Der Kuchen wie auf Kufen

Daß ein Zwiebelkuchen vom Wind verweht wurde, ist nicht die einzige Tragödie in der langen Geschichte der Weimarer Kuchenbäckerei. Oberstallmeister Seebach erzählte eine Begebenheit, die er aus dem Fenster eines Berkaer Wirtshauses verfolgte, wo er mit Carl August nach der Jagd frühstückte. Eine Frau trat aus dem Backhaus und balancierte, wie es Landesbrauch war, auf dem Kopf ein Blech mit Quarkkuchen. Plötzlich rutschte sie auf dem Glatteis aus, das Blech samt Kuchen flog auf die Erde. Die unglückselige Kuchenfrau kam auf dem Blech, das auf dem eisigen Untergrund zum Schlitten wurde, zu sitzen. Schreiend fuhr sie auf dem Kuchenblech die abschüssige Straße hinunter.

Ein Bauer, der des Wegs daher kam, war lachender Zuschauer: „Dummes Luder, was schreiste denn? Du sitzt ja warm und weech.“

Dickes Lob mit dicker Milch

Dickgewordene Milch war eine Zeitlang ein Kultgetränk der vornehmen Welt. An ihr labte man sich beim Picknick in Ettersburg, Belvedere oder Tiefurt. Einer solchen Dickmilchparty in Tiefurt wohnten eines Tages Lord Charles Wellesley, der Sohn Wellingtons, Ottilie von Goethe und Karl von Holtei bei. Letzterer versprach den Vortrag eines ganz neuen Gedichtes, wenn er dafür dicke Milch bekäme.

Die Schüssel wurde feierlich vor ihm hingesetzt, er sprang auf einen Stuhl und rezitierte das Gedicht auf Weimar. Jubelnder Beifall belohnte den Dichter, der sich anschließend in aller Ruhe dem Genuß der dicken Milch hingab.

Der Geist aus der Flasche

Der Bühnendirektor Alexander Rost, der von 1816 bis 1875 lebte, bezog seine Inspiration aus weniger sanften Getränken. Bei allen sich bietenden Gelegenheiten griff der volkstümliche Stückeschreiber, der in der Jakobstraße 28, wohnte, zur Cognakflasche, und hatte dennoch Erfolg mit Schauspielen, die Titel trugen, wie

„Ludwig der Eiserne“ oder „Das Wundermädchen aus der Ruhl“.
Der joviale Großherzog Carl Alexander lobte ihn: „Sagen Sie, lieber Rost, wie machen Sie es nur, so reizende Stücke zu schreiben?“ „Keenigliche Hoheit, das will ich Ihnen sagen: Wenn ich besoffen bin, dann schmiere ich alles durcheinander, und wenn ich nüchtern bin, bring ich's in Ordnung – und dann wird e Theaterstück draus.“

Vegetarierin nur für den Eigenbedarf

Die schöne Schauspielerin Lil Dagover, die bis nach dem ersten Weltkrieg in Weimar wohnte (erst in der Park-, der heutigen Puschkinstraße, dann am Silberblick), stand, anders als Paul Klee, nicht in dem Ruf, sich für hiesige Fleischpreise zu interessieren, war sie doch überzeugte Vegetarierin.

Um so größer war die Überraschung einer Freundin, als sie bei einem Besuch des Dagoverschen Hauses das Töchterchen Evchen ein Eisbein verzehren sah. „Hat das Mutti gekocht?“ „Natürlich hat das Mutti gekocht.“ „Und was gab's gestern?“ „Gestern gab's Linsen mit Brühwurst.“ „Die hat auch Mutti gekocht?“ „Ja, wer denn sonst?“

Die schöne Lil, daraufhin von ihrer Freundin zur Rede gestellt: „Sicher bin und bleibe ich Vegetarierin. Oder glaubt ihr etwa, ich esse, was ich koche?“

Weimarer Bach-Tage

Die Weimarer Bach-Tage waren in der Zeit nach dem zweiten Weltkrieg alles andere als das musikalische Ereignis, als das sie später Berühmtheit erlangten. Hatten sie doch weniger mit der Kunst der Fuge als mit jener am Herd zu tun. Gemeint waren die Menschenschlangen vor dem Laden des damaligen Roßschlächters Bach am Brühl.

Die Küchenwände haben Ohren

Hausfrau beim Fleischer: „Wenn Sie mir die Koteletts bitte klopfen würden. Zu Hause in Weimar-West kann ich es nicht machen. Da hört das ganze Haus, was es heute bei uns zu essen gibt."

Als man noch auf die Laura lauerte

Im Gegensatz zur real noch immer existierenden Berkaer Bimmelbahn, welche die Phantasie der Weimarer seltsam wenig beflügelt hat, war die sich über den Kamm des Kleinen Ettersberges schlängelnde Kleinbahn Weimar – Buttelstedt – Großrudestedt, die sogenannte Laura, ein Quell vieler Scherze und Anekdoten. Der von 1887 bis 1946 bestehende Schienenstrang war die Bilderbuchkleinbahn schlechthin. Die Eisenbahner, die sich ebenso wie ihre Kollegen von der Normalspur an den Fahrplan zu halten hatten, scheinen es mit Humor ertragen zu haben, daß man auf sie und ihr Bähnle so schnöde herabblickte, gar Witze machte.

„Laura“ hieß die Bahn, weil man auf ihre Züge warten, also „lauern“ mußte. Die Gebildeten unter den Fahrgästen legten sich den Titel „Laureaten“ zu. So langsam der Zug auch immer beim Erklimmen des Ettersberges gewesen sein mag: fuhr er den Hang herunter, mußten die Fahrgäste befürchten, daß die Waggons jeden Augenblick aus den Schienen flogen. In den Abteilen standen Kanonenöfen, in denen die Reisenden zur Winterszeit selbst Briketts nachlegen konnten. War das Feuer ausgegangen, holte man sich Glut bei der Lokomotive. Während der Rübenernte rangierten die Bauern die Güterwagen selbst. Dem Zuckerrübenanbau in der fruchtbaren Ackerebene nördlich von Weimar verdankt die Eisenbahnstrecke überhaupt ihre Entstehung.

Der Reiseverkehr hielt sich in Grenzen. Stieg dann und wann ein Fremder aus, wurde das Bahnpersonal prompt ausgefragt: „Wer war'n das?"

Das letzte Kapitel der „Laura" entzieht sich nostalgisch verklärender Heimatkunde. Von Weimar bis Schöndorf mußte sie ihre Trasse mit dem Normalspurgleis der Buchenwaldbahn teilen, mit der Zehntausende von Häftlingen in die Sklavenarbeit, die Entwürdigung und den Tod geschickt wurden.

Tempo 40 ausgeschlossen

Als ein Reisender dem Lokomotivführer treuherzig auf die Schulter klopfte: „Nun wollen wir uns mal mit 40 Stundenkilometern durch die Gegend bewegen", antwortete dieser gelassen: „Von mir aus gern, mein Herr, aber die Strecke ist nur 35 Kilometer lang."

Eine Eisenbahn mit Herz

Im Erfüllen von Sonderwünschen war die Laura unerreichbar. Der Lehrer aus einem Dorf „hinter dem Ettersberg", wie die Weimarer zu sagen pflegten, war nach dem Dämmerschoppen eingeschlafen und verpaßte die Station. Der Schaffner veranlaßte daraufhin, daß die Laura zurückfuhr. Die sich wundernden anderen Fahrgäste begütigte er: „Der Kanter hat's verschlafen, der muß doch naus."

Nachdem bei Wohlsborn ein Zug entgleist war, wurde extra für die Frau des Schloßvippacher Pfarrers eine Lokomotive angeheizt, um sie als einzige Reisende weiterzubefördern. Andererseits wartete der Zug in Schloßvippach eine halbe Stunde, wenn sich die Dame zu lang bei ihrer Garderobe aufgehalten hatte.

Die Laura hatte ihren Stolz

Ein Großbrembacher sprang auf den bereits fahrenden Zug auf, wofür er von einem Bahner verwarnt wurde. „Macht's doch hallewege mit eurem Bähnchen!" nahm der Verwarnte dies auf die leichte Schulter. „Denkense denn, mer hätten noch keenen totgefahren?" fragte der Eisenbahner ernst.

Wenig Liebe in Liebstedt

Ein Geschäftsreisender lauerte auf dem Liebstedter Bahnsteig, um nach Weimar zu fahren. Der fahrplanmäßige Zug meldete sich durch Läuten (in späteren Jahren verkehrte ein mit einer Sirene ausgestatteter Triebwagen, der den Beinamen „Heularsch" erhielt).

Der Herr nahm seinen Koffer zur Hand: Wer nicht hielt, war die Laura. Er stellte den Stationsvorsteher wutentbrannt zur Rede. „Sie sind wohl nicht bei Trost, den Zug hier nicht halten zu lassen?"

Der Eisenbahner versuchte ihn zu beschwichtigen.

„Guckense mal. Ich hatte neulich mit dem Lokführer Krach, und nune is er immer noch beese mit mir. Desserwegen tut er einfach nicht mehr hier halten."

„Weicht ihr doch aus!"

Die taube Botenfrau Langmann hatte rasch herausgefunden, daß auf dem neuverlegten Schienenstrang der Schmalspurbahn ein besseres Gehen war als auf den schlammigen Feldwegen. Leichtsinnigerweise ignorierte sie aber jeglichen Fahrplan.

Gerade noch im letzten Augenblick sah der Lokheizer den vollgepackten Tragkorb und den roten Kopplappen (Kopftuch) der Schwellengängerin. Das ohnehin nicht atemberaubende Tempo wurde weiter gedrosselt, die Lok läutete Sturm und fauchte Dampf, bis die Botenfrau etwas bemerkte. Sie mußte heftige Vorwürfe von Lokführer und Heizer über sich ergehen lassen, bevor sie selbst zu Worte kam: „No, ihr Dämel, ihr fahrt ja ooch ins Blaue 'nein. Weicht ihr doch aus."

Zwei Zigarren als ICE-Zuschlag

Der reiche Onkel aus Berlin drückte einst dem Schaffner Rommel zwei dicke Zigarren in die Hand, damit der Zug schneller in Weimar sei, um einen Anschluß zu erreichen. Der Schaffner verstaute die geschenkten Stumpen und erwies sich ihrer würdig. Der Zug raste ohne

Rücksicht auf den Fahrplan durch die Dörfer, flog den Ettersberghang förmlich hinunter und war zwanzig Minuten früher als sonst in Weimar.

Eine Palette von Malern

Warum sieht man kaum noch Maler an ihrer Staffelei in der Landschaft um Weimar? Warum sitzen sie nicht mehr in den Kaffeehäusern, andere Gäste skizzierend wie Alfred Ahner, der die Porträts zuweilen für ein Kännchen Mokka gleich weitergab? Fast jeder Weimarer kannte, entweder aus der Nähe oder aus etwas größerer Entfernung, irgendeinen Kunstmaler, wie die Meister von Pinsel und Stift ehrfürchtig genannt wurden, um Verwechslungen mit anderen Farbgebern, die andernorts Anstreicher hießen, auszuschließen. Konnten sich doch, statistisch gesehen, 100 Weimarer Bürger einen professionellen Kunstmaler teilen.

Kunstmaler, ein sehr gewiefter mit akademischer Ausbildung, war Siegfried Kötscher, der es, wennschon nicht zu einem Platz im Kunstlexikon, doch wenigstens zu einem im Stadtlexikon gebracht hat. Das Original „Kötscher Friede" malte bis zu seinem Tod in den frühen fünfziger Jahren ein Gemälde nach dem anderen an die Wände Weimarer Kneipen, wofür er den Lohn zumindest teilweise an Ort und Stelle in Speise und Trank entgegennahm. Fast sein ganzes Werk ist übermalt, wegrenoviert oder abgerissen. Muß erst eine Bürgerinitiative gegründet werden, um die Szenen aus dem Leben der Ehringsdorfer Urmenschen im dortigen Gasthaus „Zur Linde" für die Nachwelt zu retten?

Apropos Honorar. Walther Scheidig berichtet in seiner

„Geschichte der Weimarer Malerschule“, wie der Landschaftsmaler Paul Baum nicht nur Rahmenmacher und Vergolder, sondern auch Schuster und Schneider für ihre Dienste mit Bildern entlohnte und somit manches Gemälde der Weimarer Schule einen Platz in einem der Handwerkerhäuser der Stadt einnahm.

Schade, nicht Nachfahre eines solchen Handwerksmeisters zu sein: des Fleischers gar, der für seine Würste ein Bild von Christian Rohlfs einhandelte.

Der Künstler und das Geld

An der Fassade des Hauses Marktstraße 14 entdeckt der aufmerksame Stadtspaziergänger ein Gedenkrelief für den klassizistischen Maler und Zeichner Buonaventura Genelli, der hier, im „Goldenen Adler“, Stammgast war und dessen Gasträume mit seinen Bildern schmückte. Bis auf den spärlichen Gebäudeteil ist das Haus dem Bombenangriff des 9. Februar 1945 zum Opfer gefallen.

Genelli hatte wenig Sinn für Geld, das er in der Kneipe gern ausgab. Nachdem seine Frau glücklich ein Bild für 1000 Taler an den Mann gebracht hatte – an einen Grafen Schack im übrigen –, legte sie ihm 100 blanke Taler auf dem Tisch. „Ist das nicht ein bißchen wenig?“ fragte er. „Gott bewahre“, entgegnete Karoline. „Das ist sehr viel.“ „Du hast recht. Es ist wirklich sehr viel“, zeigte sich der Meister rasch umgestimmt.

Nun brach die Malersfrau in Lachen aus und reichte ihm die restlichen 900 Taler.

Am liebsten ohne Lappen

Als Genelli einst von einem hohen Herrn gefragt wurde, warum er meist unbekleidete Gestalten male, gab er zur Antwort: „Weil mich die Lappen genieren." Sie störten ihn auch an sich selbst, weshalb er zu Hause und im Atelier sich meist in ungezwungenster, leichtester Bekleidung bewegte. Die Halsbinde legte er nur an, wenn er zu Hofe befohlen wurde.

Dort waren indes die Bräuche noch unter Carl Alexander streng. Malerkollege und Kunstschuldirektor Stanislaus von Kalkreuth arbeitete im Atelier nur im schwarzen Frack und mit weißer Binde, um jederzeit für hohen Besuch oder gar für die Audienz beim Großherzog gerüstet zu sein.

Der eingerollte Menzel

„Ich weiß nur, was mir gefällt, sonst verstehe ich nichts", so umriß Großherzog Carl Alexander, Gründer und Mäzen der Kunstschule, sein künstlerisches Credo. Adolph Menzels Bild „Die Begegnung König Friedrichs II. von Preußen mit Kaiser Joseph", das 1859 vom Verein für historische Kunst im Rathaus ausgestellt wurde, gehörte zu jenen Werken, die ihm nicht gefielen.

Ironie des Mäzenenschicksals: Ein Jahr später gewann der Großherzog das Gemälde bei einer Verlosung. Er ließ es gerollt und unausgepackt im Schloß abstellen. Groß war die Verwunderung des kleinen Berliner Malers, als er es in der Originalverpackung zurückerhielt, nachdem er es 1863 für eine Ausstellung erbeten hatte.

Kritik am Germanenkopf

Leopold von Kalckreuth, wie sein Vater Stanislaus Lehrer an der Großherzoglichen Kunstschule, nahm 1890 seinen Abschied, weil er mit dem Milieu und der herrschenden Kunstauffassung nicht mehr zurechtkam.

Carl Alexander fragte den Kunstschüler Walter Haeckel, Sohn des Biologen Ernst Haeckel, ob ihm Kalckreuth diesen Kopf eines alten Germanen zu zeichnen aufgetragen habe. „Scheußlich, abscheulich. Kalckreuth und ich, wir sind doch auch Germanen, finden Sie nicht, daß wir viel schöner sind?"

In der Antikenklasse pflegte Kalkreuth zu sagen: „Kinder, wenn's gar nicht mehr geht, macht, daß ihr an die Luft kommt, nach Oberweimar, und bringt mir meinetwegen einen Misthaufen nach Hause."

Der Maler als Hehler

Der 1970 in hohem Alter verstorbene Franz Huth, der sich durch viele Bilder mit Weimar-Motiven, namentlich Landschaften und Interieurs, einen Namen gemacht hat, begnügte sich einmal mit einer Handvoll Kirschen als Malerlohn. Er hatte die Staffelei in der Nähe eines Dorfes aufgestellt, als sich ein Bauernjunge zu ihm gesellte, um ihm bei der Arbeit zuzusehen.

„He, mal mich doch ooch mal, ich maus dir ooch e paar Kirschen." Da der Künstler gerade Appetit verspürte, wurden beide rasch handelseinig, und der Junge eilte mit einem Porträt von Meisterhand nach Hause.

In den Lenbach gefallen

Vor hundert und mehr Jahren waren die Lehrer und Schüler der Kunstschule im damals viel kleineren Weimar allgegenwärtig, im Straßenbild und im gemütlichen Dämmerlicht der Kneipen, wo man allerdings mitunter zweimal hinschauen mußte, um keinen Fehler zu machen.

Als frischberufene Kunstschulprofessoren verkehrten Böcklin und Lenbach, die damals erst am Anfang ihres Ruhmes standen, im „Weißen Schwan". Eines Abends wollte ein Kleinbürger, der von seinem Stammtisch vorgeschickt worden war, Böcklin ein Gespräch aufdrängen. Er trat an den Malertisch, machte eine linkische Verbeugung und legte los: „Entschuldigen Sie gütigst, Herr Professor Böcklin, wir meinen, daß Sie ihre Landschaften aus einer anderen Gegend holen, entweder aus dem fernen Italien oder aus Spanien, aber nicht aus dem Weimarischen Großherzogtum, was doch von Rechts wegen zu empfehlen und zu fordern wäre, indem daß Sie Weimarscher Professor sind."

„Hm", brummte der Angesprochene, der finster in sein Glas starrte. „Kenna S'mi?" „Mit Vorlaub, Herr Professor." „Hm, Mei Malerei g'fallt Eahna net. Aber schaun's, i mal halt koane Bäume und Weimarische Kieselstoa a net. I mal halt nur weimarische Esel, wenn's mal Bedarf haben, steh i gern zu Diensten. Bfüat Sie." Der vermeintliche Böcklin erhob sich und ging.

Der Wirt brach das peinliche Schweigen. „Das war nicht Böcklin. Das war der Lenbach." In der Tat war Böcklin längst gegangen, und für ihn hatte Lenbach in der schummrigen Gaststube den Platz eingenommen.

Begnadigung eines Landschaftsmalers

Wofür der Landschaftsmaler und Nachfolger Stanislaus von Kalckreuths als Direktor der Kunstschule, Theodor Hagen, 1909 von der Kommune Weimar mit einer Geldstrafe von einer Mark belegt wurde, das hat er mit ins Grab genommen. Der Strafzettel war ihm ohnehin erlassen worden: „Die durch Strafverfügung des Gemeindevorstandes vom 27. des Monats gegen Sie festgesetzte Geldstrafe von 1 Mark ist für Sie durch Entschließung Sr. Königlichen Hoheit des Großherzoges Wilhelm Ernst aus Anlaß seiner Vermählung mit Gnaden erlassen worden."

Die Stadt war auch sonst zum Verzeihen geneigt und hat einen bescheidenen Straßenzug in Friedhofsnähe nach Theodor Hagen benannt. Eine zu bescheidene Straße für einen Mann, der die Landschaft um Weimar mit beinahe impressionistischem Pinselstrich verherrlichte, eine Landschaft, wie sie es nicht mehr oder nur noch in Relikten gibt, ob an der alten Windmühle oder der Belvederer Allee.

Ein Expertenurteil

Ein Botaniker vor dem Grab des Graphikers Albert Schäfer-Ast auf dem Weimarer Friedhof: „Das ist der, der am besten die Hagebutten malen konnte."

Und ein Kollegenurteil

Alexander von Szpinger (1889–1969), bekannt durch seine expressiv-farbigen, gespachtelten Natur- und Landschaftsdarstellungen, brachte es zum Professorentitel und 1963 gar zum Literatur- und Kunstpreis der Stadt Weimar, beides Ehrungen, die dem Malerkollegen Alfred Ahner versagt blieben. Der verkniff sich jede Mißgunst, fand sogar anerkennende Worte für Szpinger: „Im Gestrüpp ist er prima."

Kampfplatz Ausstellungsbuch

Als die Malerin Tina Bauer-Pezellen im Jahr 1979 starb, meinten die Spötter: Jetzt werde die erste Motorsäge in der Belvederer Allee kreischen. Die Frau war nämlich eine unverdrossene Schutzpatronin der Weimarer Bäume. Wo immer einer fiel oder gefällt zu werden drohte, bombardierte sie die Oberen bis hinauf zu „Erich“ mit geharnischten Protesten.

Hauptthema ihrer Kunst war das Kind. Beim allgemeinen Ansehen, das die Malerin genoß, wagten Kritiker nur hinter der vorgehaltenen Hand zu äußern, daß ihre Kinderdarstellungen reichlich stereotyp wirkten. Einmal riskierte es ein Besucher in der Lukas-Cranach-Galerie, als er in das Ausstellungsbuch eintrug: „Den Kinderbildnissen liegt meist dasselbe Schema zugrunde. Ihre Betrachtung ist oberflächlich, nicht packend genug.“

Noch auf derselben Seite wurde der Tollkühne abgekanzelt, allerdings anonym: „Solchen Kritiken liegt meist dasselbe Schema zugrunde. Ihre Betrachtung ist oberflächlich, nicht packend genug.“

Guten Morgen, Herr Kötscher!

Beim Denkmalschutz hat der Maler Siegfried Kötscher keine Lobby. Sonst wären nicht fast alle Bilder, mit denen er Weimars Gaststuben schmückte, verschwunden. „Kötscher Friede“ war nicht nur der größte Künstler der Wirtshäuser, er war zugleich ihr bester Gast. In der „Palette“ erschien er nicht selten mit einem Bild unter dem Arm. Wenn er ohne Bild ging, hatte er kein Geld dafür in der Tasche, sondern einen handfesten Rausch als Gegenwert. Mit manchen der Wandbilder soll er die Schulden bei den Wirten abgestottert haben.

In einem dieser schweren Räusche befand er sich, als

er bei einem Freund in der Neugasse übernachtete. Am nächsten Morgen verwechselte er das Fenster zur Straße mit der Klobrille, mit den unvermeidlichen üblen Folgen für die Passanten. Der Hauswirt tobte. Was würden denn die Leute sagen! „Ich weiß, was sie gesagt haben", verteidigte sich das versoffene Talent. „Guten Morgen, Herr Kötscher!"

Der hilfsbereite Dämon Franz Liszt – und die Stadtmusik spielt dazu

Eine beliebte Frage von Journalisten an Zeitgenossen ist: Welche Persönlichkeit der Geschichte hätten Sie gern kennenlernen wollen? Wäre der Wunsch erfüllbar, fiele mir die Wahl nicht leicht, aber Franz Liszt wäre eine dieser Persönlichkeiten.

Man hat ihm mephistophelisch genannt, den Herrn Abbé, der in seinen späteren Jahren nur noch mit der Soutane unter Menschen trat, versehen mit den niederen Priesterweihen seiner katholischen Kirche. Ein großzügiger, ja uneigennütziger Mensch und ein großer Künstler. Großzügig in materiellen Dingen: von 21 Konzerten, die er bei einem Aufenthalt in Berlin gab, waren zwölf für wohltätige Zwecke bestimmt. Uneigennützig in der Kunst, in der Durchsetzung von Werken anderer Komponisten, was ihm nicht selten sogar Anfeindungen eintrug. Wagner und Berlioz waren die bedeutendsten unter vielen, die sich der Förderung Liszts erfreuten.

Was manchen Zeitgenossen an Mephisto gemahnte, war die Dämonie seines Klavierspieles, die Verzückung, in die er sein Publikum versetzte, zum anderen sein gelegentlich scharfer, bis zur Satire reichender Witz, von dem er jedoch die eigene Person nicht ausnahm. Die glanzvolle Solokarriere der frühen Jahre hatte im 19. Jahrhundert nur ein Ge-

genstück in jener des italienischen „Teufelsgeigers" Paganini, eines Künstlers von ähnlichem Charisma. Verwöhnt mit Erfolg und mit Anbetung, Liebling der Frauen, fast schon Objekt eines Personenkults, war Liszt das Erlebnis des Scheiterns gleichwohl nicht fremd. Die Ehe mit Carolyne von Sayn-Wittgenstein kam nicht zustande. Er vermochte nicht, die Richard-Wagner-Festspiele nach Weimar zu holen. Als Komponist ist er zu Lebzeiten beharrlich unterschätzt worden.

Als er im Vatikan die vier niederen Weihen empfing und die Soutane anlegte, minderte dies nicht seine Ausstrahlungskraft auf Frauen, die schon vom jungen Gott des Klavierspiels ausgegangen war. Im Gegenteil fügte es ihr noch eine domänische Note zu, zumal die niederen Weihen nicht mit dem Priestergelübde und damit dem Zölibat verbunden waren. Gerüchte vom alten Verführer Liszt durchliefen das spießbürgerliche Weimar. Sie erhielten lange nach seinem Tod neue Nahrung, als 1963 die betagte Klavierlehrerin Ilona Höhnel, die ihm wie aus dem Gesicht geschnitten war, in ihrer ärmlichen Wohnung in der Rollgasse verstarb, sie war eine jüngere, zeitlebens nie anerkannte Halbschwester der großen Cosima Wagner.

Während er die Mysterien seiner Kirche in Töne setzte, rauchte er Zigarren wie ein Schlot, trank Cognac oder den Kräuterschnaps „Aromatique", den er sich aus dem thüringischen Neudietendorf sogar ins ferne Budapest nachschicken ließ.

Und was er noch tat, der Herr Abbé und Großherzoglich Sächsische Hofkapellmeister, lese man in den Anekdoten, die von der Musikerstadt Weimar handeln.

Brillant, nur die Brillanten fehlten

Der Schauspieler Karl Hettstedt, von 1844 bis 1884 am Hoftheater engagiert, war ein mitreißender Komiker und gefürchtet wie auch beliebt wegen der Nachahmung prominenter und weniger prominenter Weimarer Bürger auf der Bühne. Als er einen alten Musiker spielte, parodierte er Franz Liszt, der in seiner Loge anwesend war. Alle Augen wandten sich in dessen Richtung, doch der Meister lächelte und spendete Beifall.

Zu Hettstedts nicht geringem Erstaunen wurde ihm am nächsten Morgen der Besuch Franz Liszts gemeldet. Noch bevor Hettstedt einige verlegene Entschuldigungen stammeln konnte, sagte der Musiker in all seiner Liebenswürdigkeit: „Sie haben mit gestern trefflich kopiert, wirklich trefflich. Aber ich habe einen kleinen Unterschied entdeckt: Ich trage nämlich die Busennadel mit Brillanten, die Ihnen fehlten. Erlauben Sie mir, Ihnen zum Andenken an Ihre ausgezeichnete Leistung meine Nadel zu überreichen."

„Mir hammse nicht gemacht"

Auf einer Probe zum Oratorium „Die heilige Elisabeth" dirigierte im Jahr 1876 Liszt selbst. Er hatte die Gewohnheit, gelegentlich den Taktstock aus der Hand zu legen, um ergriffen seinen eigenen Schöpfungen zu lauschen, wodurch die Musiker bei den ihnen noch ungewohnten Tönen ins Ungewisse stolperten. Als nun wieder einmal das Orchester den Faden verloren hatte, schimpfte der Dirigent-Komponist: „Aber, meine Herren, das ist doch die reinste Vogelschießenmusik." Worauf eine Stimme im schönsten Weimarer Brustton der Überzeugung ertönte: „Ja, Meester, aber mir hammste nicht gemacht."

Liszt als Bauernfänger

Unter denen, die den Meister mit der Bitte bestürmten, ihm vorspielen zu dürfen oder Kompositionen zur Beurteilung vorlegen zu dürfen, war einst ein Engländer. Liszt war ungehalten, wurde er doch zu oft mit dergleichen behelligt, und erklärte dem entsetzten Briten, das in Deutschland jeder Bauer spielen könne wie er. Der Komponist wies auf den Bauernmarkt – Ort des Zusammentreffens war das Hotel „Erbprinz", in welchem er zu jener Zeit wohnte – und sagte, daß er morgen seine Behauptung belegen wolle.

Am anderen Tag traf zur festgesetzten Stunde der Mann von der Insel ein. Liszt rief einen Bauern, der gerade mit einer Fuhre Holz angekommen war, herauf. Auf seine Frage, ob er Klavier spielen könne, entgegnete dieser zögernd, daß er nicht viel davon verstehe. Erst nach längerem Bitten war er dazu bereit, es wenigstens zu versuchen. Dann spielte er einige Sonaten in vollendeter Meisterschaft. „So spielen bei uns die Bauern", sagte Liszt mit beherrschtem Gesicht.

Hier war, wie könnte es anders sein, ein Trick im Klavier-Spiele. Liszt hatte sich mit dem begabten Organisten Alexander Wilhelm Gottschalg (1827–1907), geboren in Mechelroda bei Weimar und tätig in Tiefurt bei Weimar, verbündet.

Das war sie, die Melodie

Der alte Börmel war eines der knorrigsten Originale aus der Zunft der Weimarer Droschkenkutscher. Seine große Zeit waren die Jahre, in denen er sozusagen der Leibkutscher Franz Liszts war. Ein Schnäpschen, kredenzt vom Kaufmann Unruh in der Geleitstraße 21, und eine „Knesevits-Zigarre" vom gleichnamigen Händler in der Wielandstraße, einem früheren Liszt-Diener, lockerten ihn auf. Und er begann zu erzählen – nicht über Liszt und Börmel, sondern über Börmel und Liszt.

In einer lauen Sommernacht sollte er den Meister nach Belvedere fahren. Dieser war sehr nachdenklich und sprach, entgegen sonstigen Gewohnheiten, kein Wort. In der Nähe der Schaukelbrücke sprang er auf und rief: „Halten Sie! Hören Sie denn gar nichts?" Börmel schaute ihn erstaunt an. Nein, er höre nichts. Nur drüben auf der Oberweimarer Landstraße pfiffen Burschen ein Lied. „Das ist es ja, was ich meine meine", sagte der Fahrgast und gebot: „Sofort nach Hause fahren!"

Der Kutscher kehrte um. Er war noch nicht ganz vor dem Haus des Musikers in der Marienstraße angelangt, da eilte Liszt, so rasch es sein Alter zuließ, vom Wagen und durch die Gartentür die Treppe hinauf. Das war der einzige Tag, an dem Börmel, für ihn unfaßlich, kein Trinkgeld erhielt.

Wie Pauline Apel, die Betreuerin der Lisztschen Hauswirtschaft, erzählte, habe der Meister die ganze Nacht komponiert, so sei er von dem Motiv des pfeifenden Bauernburschen fasziniert gewesen. Leider waren weder Pauline Apel noch Börmel in der Lage anzugeben, welche Komposition in dieser Nacht entstanden ist.

Nur ab und zu ließ er einen Ton

Das größte Trinkgeld, das Droschkenkutscher Börmel je von Franz Liszt erhalten hat, fiel ihm nach einem Konzert im „Erbprinzen“ zu. Um 10 Uhr abends sei er dorthin bestellt worden, um den Tonkünstler nach Hause zu fahren. Es wurde elf, es wurde halb zwölf. Das ging dem Kutscher denn doch zu weit, und mit aller gebotenen Vorsicht schlich er ins Hotel und öffnete die Saaltür.

Er sah ein wie versteinert sitzendes, verklärtes Publikum. Am Flügel zelebrierte Liszt, der, wie Börmel sagte, „nur ab und zu einen Ton ließ“. Kopfschüttelnd nahm er seinen Platz auf dem Kutschbock wieder ein. „Und dabei war es noch nicht einmal ein Walzer.“

Die lange Wartezeit wurde dennoch belohnt. Als sein Fahrgast gegen Mitternacht erschien, drückte er ihm, bevor er ihn nach Hause entließ, ein Goldstück in die Hand. „Irgendein König hat ihn nicht eher gehen lassen“, erzählte Börmel hinterher. „Und das alles wegen ein paar Tönen“, setzte er fassungslos hinzu.

Glaube in den Menschen

In der Belvederer Allee traf ein Verehrer den Herrn Hofkapellmeister, der, unbekümmert um die verwunderten Blicke der Spaziergänger, einen langen Besen in der Hand hielt. Auf die erstaunte Frage des Bewunderers entgegnete er in aller Seelenruhe: „Ich war gerade auf meinem Morgenspaziergang, als mich ein Straßenkehrer um eine Kleinigkeit bat. Ich hatte nur eine Fünfpfundnote bei mir. Der Mann erbot sich, den Schein zu wechseln, wenn ich auf seinen Besen aufpassen würde," „Kannten Sie den Menschen?" „Nein, ich sah ihn noch nie." „Dann sind Sie Ihr Geld los."

Ein feines Lächeln huschte über Liszts Lippen, sah er doch, wie der Mann atemlos angehetzt kam. „Verzeihen Sie, daß es so lange gedauert hat, aber die Bank war so voll." „Ich freue mich, daß Sie mich nicht getäuscht haben, lieber Freund. Hier haben Sie von mir 50 Mark. Noch einmal 50 Mark wird Ihnen dieser Herr geben, weil er an Ihrer Ehrlichkeit zu zweifeln wagte." Was blieb dem Betroffenen übrig, als seine Geldbörse zu ziehen.

Souvenirs, Souvenirs

Das Souvenirwesen ist mitnichten ein Phänoment unseres zu Ende gehenden Jahrhunderts. Franz Liszt war zeit seines Künstlerlebens Opfer von Souvenirjägern, als Komponist und Lehrer in den späteren Jahren nicht weniger als in seiner frühen umjubelten Laufbahn als Virtuose.

Diesmal war es ein Amerikaner, der Liszt um ein Andenken bat. Der Verehrte schenkte ihm ein solches in Gestalt eines feinen Taschentuches. „Das muß aber gegenseitig sein, geben Sie mir das Ihrige." Dies geschah, der Musiker nahm es und legte es beiseite. Der Tausch war Liszts neuem Kammerdiener Achille Colonello nicht entgangen. „Es fehlt eines Ihrer feinen Taschentücher, und dies hier ist ein fremdes und ein schlechteres." Liszt: „Dann hat Amerika einen guten Tausch gemacht. Lassen wir's."

Eine Lieblingsschülerin mischte sich ein. „Da bin ich doch noch glücklicher als Bruder Jonathan (frühere scherzhafte Bezeichnung für Nordamerikaner)." Liszt: „Inwiefern?" „Ich besitze bereits zwei feine Taschentücher von Ihnen." Liszt: „Da aller guten Dinge drei sein müssen, so nehmen Sie das dritte. Adieu, liebes Kind."

Majestät schwätzte

Sein Selbstbewußtsein verließ den Künstler auch nicht vor den Majestäten des alten Europa. Einer, der das zu spüren bekam, war der mächtige Zar Nikolai I., der „Gendarm Europas" und Stütze der Heiligen Allianz zwischen Rußland, Preußen und Österreich. Durch seine Schwester, die Großherzogin Maria Pawlowna, unterhielt er enge Beziehungen zu Sachsen-Weimar.

Bei einem Hofkonzert in Weimar mit Liszt am Flügel schwätzte der Zar. Liszt hörte mitten im Spiel auf. Als ihn der Herrscher sehr ungnädig wegen der unvermuteten Pause zur Rede stellte, erwiderte der Pianist: „Wenn Majestät reden, haben alle anderen zu schweigen." Der Zar soll ihm das zeitlebens nie vergessen haben.

Musikalisch-Kulinarisches

Während einer seiner Matineen in der Hofgärtnerei, seinem letzten Wohnsitz in der Marienstraße, zeigte Liszt seinen Gästen einen Ausschnitt aus der hiesigen Zeigung „Deutschland". In der Anzeige lud ein Gasthaus „Gute Quelle" zur „Piano-Unterhaltung" und zum „Salzknochenessen (Salzknochen: eingepökelte Schweinsknochen mit viel Fleisch) ein. „Die gute Quelle wird, wie es scheint, noch reichhaltiger, und der kleine Zeitungsausschnitt von heute teilt ihnen einen großen Fortschritt der Harmonie der musikalischen und kulinarischen Genüsse mit, indem er die Freuden des Klaviers und der Salzknochen vereinigt", schrieb der Meister aller Meister des Klavierspiels belustigt an Adelheid von Schorn.

Klapperkästen mit großem Namen

Liszt spielte anläßlich einer Abendgesellschaft bei Frau von Schwendler. Er hatte eine große Vorliebe für jene alte Dame, so daß ihn selbst ihr zweifelhafter Flügel, ein echter „Klapperkasten", nicht vom Spiel abschreckte. Die Frage, von wem das Instrument sei, konnte er sich dennoch nicht verkneifen. Die Hausherrin bot alle ihre Würde auf und erwiderte: „Von Wallenstein" (in Eisenach gab es eine Klavierfabrik gleichen Namens). „Ah, von Wallenstein." Liszt donnerte eine Rhapsodie herunter, daß der „Wallenstein" erzitterte.

Am folgenden Abend war er wiederum Gast einer kleinen Gesellschaft, diesmal bei der Familie Schorn. Er setzte sich an den Flügel, der sich abermals als Klapperkasten entpuppte. Ihm kam Schillers Wallenstein-Trilogie in den Sinn. „Ah, probablement que c'est la un Piccolomini!"

Seitdem hieß das von Liszts Spiel und Ausruf geadelter flügellahme Klavier im Hause Schorn nur noch „Piccolomini".

Drastischer Vergleich

In der Hofgärtnerei versammelte Franz Liszt Schüler aus vielen Ländern Europas um sich. Dabei drängten manche in seinen Dunstkreis, die von seiner Berühmtheit angezogen wurden, aber nur mittelmäßig begabt waren. Hans von Bülow, Liszts Freund und, bis zur Trennung von Cosima Liszt, auch sein Schwiegersohn, versuchte nach Kräften, lästige Schülerinnen und Schüler fernzuhalten, so daß er sich den Ruf als „Zerberus der Hofgärtnerei" erwarb.

Liszts Tadel war meist der eines Grandseigneurs, konnte jedoch bei offenkundiger Unfähigkeit der Eleven auch beißend sein. Eine Dame, die durch Bülows Abwehrriegel gerutscht war, trug die „Wasserspiele der Villa d'Este" erbärmlich vor. „Meine Gnädigste, das sind nicht die Wasserspiele der Villa d'Este, das war die Wasserspülung im kleinsten Raum der Villa d'Este, die will ich nicht hören."

Abfuhr in Tönen

Der sonst so verbindliche Musiker konnte auch angesichts respektloser Bemerkungen über Künstler, die er schätzte, in Harnisch geraten. Als ein junger Mann in der Hofgärtnerei verächtliche Worte über Hummel äußerte, setzte sich Liszt an den noch heute dort vorhandenen „Bechstein" und spielte Hummels berühmte, der Großherzogin Maria Pawlowna gewidmete Fis-moll-Sonate, stand auf und sagte: „Machen Sie einmal so etwas und spielen Sie das!" Er wandte sich um und ließ den vorlauten Jüngling stehen.

Der Musiker als Aphoristiker

Der Virtuos und Komponist Liszt liebte auch den virtuosen Umgang mit der Sprache. Sein Verhältnis zum Generalintendanten der Hofbühne, Franz von Dingelstedt, der das Schauspiel protegierte, die Oper und damit Liszt zurückdrängte, kommentierte er: „Ich brachte ihn her, und er brachte mich fort." Er war es nämlich gewesen, der Dingelstedt dem Großherzog warm empfohlen hatte.

Beim Rasieren meditierte er: „Man wird bisweilen wohl verbittert, aber man soll trotzdem nicht versauern."

Manche Krankheit plagte ihn im höheren Alter. Die Ärzte glaubten, daß er durch Cognac und Zigarren zumindest nicht ganz unschuldig daran war. Trotz einer Verschlechterung seines Zustandes arbeitete er an der Komposition „Angelus". „Ich schreibe Noten in Nöten". erklärte er dazu.

Herder als Komponist wider Willen

Schiller bat den Hofkapellmeister Franz Seraph Destouches um die Vertonung des kleinen Liedes „Wohlauf Kameraden, aufs Pferd, aufs Pferd" aus „Wallensteins Lager". Dem jedoch wollte die Komposition nicht glücken, bis eines Tages Herder, der wegen einer Motette verhandelte, bei ihm zu Besuch war.

Da ihn der Musiker ein wenig hatte warten lassen,

klopfte der Herr Generalsuperintendent eine imaginäre Melodie an seine Fensterscheibe. Destouches hörte sie, war elektrisiert und brachte die langersehnte Melodie zu Papier. So entbehrt es nicht einer gewissen Berechtigung, wenn Herder scherzhaft als wahrer Komponist des Reiterliedes genannt wurde.

Ordnung muß sein

Johann Nepomuk Hummel, Weimarischer Hofkapellmeister, Mozart-Schüler, Pianist und Komponist, war nicht geizig, aber genau. Bei einem Ausflug blieb ihm Eduard Genast einen Kreuzer schuldig. Genast bat um Aufschub, da er das Geld nicht passend hatte. „Nix da", rief der österreichische Musiker, „lassen's wechseln. So was wird vergesse, und dann is mer drum."

Wenige Tage später gab er Genast fünfzehn Taler für eine arme Weberfamilie.

Auf die Pauke gehauen

Verborge niemals Geld. Du machst dir den Schuldner zum Feind, wenn du dein Geld zurückforderst. Diesen Grundsatz vergaß der Pauker der Großherzoglichen Hofkapelle, als er dem Trompeter mit einem Taler aushalf. Als er ihn zurückverlangte, vertröstete ihn der Kollege aufs nächste Konzert.

Heimlich ließ der Bläser den Taler in kleine Kupfermünzen wechseln und legte sie am Abend, noch bevor die erste Note ertönte, dem Gläubiger aufs Kalbfell – ausgerechnet und wohlbedacht, als Haydns 94. und wegen ihres Knalleffektes populärste Sinfonie, eben die mit dem Paukenschlag, aufgeführt werden sollte.

Diesmal war es nicht nur das Publikum, das bei der bewußten Stelle im Andante-Satz aufschreckte. Das Erstaunen der Hofmusiker war nicht minder groß, als sich im Orchesterraum, namentlich in Paukennähe, die Münzen tummelten.

Dresche nach Noten

Der Hofmusiker Karl Fischer war im 19. Jahrhundert einige Jahrzehnte Chef der Stadtpfeiferei, die für die professionelle Versorgung der Bürger mit Fest- und Tanzmusik zuständig war, Lehrlinge ausbildete und der Hofkapelle mit Aushilfen unter die Arme griff.

Fischer mochte es nicht, wenn die Musiklehrlinge zu oft ins Bad gingen. Er hielt das für verlorene Zeit, womit er, was die Musik betraf, sogar recht hatte. Als sie wieder einmal verspätet bei ihm eintrafen, hielt ihnen der Musikmeister nach dem Bad noch die extra kalte Dusche bereit, indem er ihnen die folgende „Refermante“ (Tadel, Zurechtweisung) erteilte: „Das sag'sch eich: Wenn eener von eich ersoffen heemkommt, dann kriegt er von mir noch den Buckel voll Dresche dazu.“

E bißchen muß mer doch höre

Karl Fischer erklärte den Lehrlingen die Vortragsbezeichnungen: „Paßt emal off, ihr Kerle. Wenn een p (natürlich geriet das in seiner Gusche zu b) steht, dann spielt ihr leise. Bei zwee p spielt ihr noch leiser. Aber wenn drei p dastehen, dann spielt ihr so leise, daß man gar nichts mehr hört, aber e bisßchen muß mer doch noch hören."

Absolutes Gehör

Als eine Mutter ihren Sohn der Lehre Karl Fischers anvertrauen wollte, fragte dieser ihn: „Die Hauptsache ist das absolute Gehör. Haste welches?"

Der Junge, der zum ersten Mal den Fachausdruck vernahm, bejahte eingeschüchtert. In demselben Augenblick wurde irgendwo eine Klarinette angeblasen. „Was warn das für e Ton?" wollte der Musikmeister wissen. Der Schüler, ohne zu überlegen, antwortete: „a". „So, also a", räusperte sich Fischer. „Jetzt geh ich hin und frage. Gnade dir Gott, wenn's nicht stimmt."

Sorgen eines Revolutionärs

Für eine Woche verbarg sich Richard Wagner, der in Dresden wegen seiner Beteiligung am Mai-Aufstand 1849 polizeilich gesucht wurde, in dem Landstädtchen Magdala bei Weimar. Franz Liszt half ihm nach Kräften, ließ ihm sogar eine Abschrift des Steckbriefs zukommen.

In ihm hieß es: „Mittlere Größe, blondes Haar, rötlicher Backenbart, trägt eine Brille." „Welche Gemeinheit", rief der geltungssüchtige Sachse, „so kann jeder aussehen."

Wenn sie nur geblasen hätte

Daß es für einen Kritiker Pflicht ist, von der Sache, die er kritisiert, etwas zu verstehen, mußte ein Weimarer Musikkritiker am eigenen Leibe erfahren. Als Wagners „Tristan und Isolde" zum ersten Mal an der Hofbühne aufgeführt werden sollte – die Theaterchronik gibt als Datum den 14. Juni 1874 an – fehlte dem Orchester die ungebräuchliche, vom Komponisten jedoch vorgeschriebene Baßklarinette.

Man verpflichtete einen Musiker aus Leipzig, welcher jedoch in letzter Stunde absagte. Es war nicht mehr zu ändern: Das Drama von großer Liebe und großem Leid ging über die Bühne ohne den Klang des seltenen Holzblasinstrumentes. Nichtsdestoweniger versteifte sich der Musikkritiker darauf, es gehört zu haben, und wies in seiner Besprechung auf die Bedeutung der Baßklarinette hin.

Ein Witzbold dichtete: „O wunderschöne Baßklarinette! Ja, wenn sie nur geblasen hätte! Doch als du hörtest ihren Ton, da blies sie an der Pleiße schon. Wir preisen deshalb um so mehr dein musikalisches Gehör."

Zurechtweisung

Hans von Bülow, der scharfzüngige, nicht selten verletzende Musiker, hielt sich oft in der Ilmstadt auf. Richard Strauss erzählte, wie er ihn zu einem Kammermusikabend nach Weimar begleitete. Gereizt, wie er immer war, schnauzte er den ihn am Bahnhof erwartenden Kapellmeister Müller-Hartung an: „Dieses verfluchte Nest Weimar, wo nie eine Sinfonie von Brahms gespielt wird," Müller-Hartung: „Doch, Herr Doktor, ich habe alle Brahms-Sinfonien hier gemacht." Bülow, immer noch bissig: „Aber wie!"

De neie Gunst

Nach der Uraufführung seiner Oper „Guntram" im Jahr 1894 wurde Richard Strauss, damals Weimarer Hofkapellmeister, stürmisch gefeiert. Nach dem Festessen im „Erbprinzen" wurde er mit einem Fackelzug zu seinem Häuschen in der Erfurter Straße geleitet, wo auf dem Gartenzaun Kerzen aufgesteckt waren.

Ein Polizist kommentierte den den Vorgang kopfschüttelnd mit den Worten: „Das is se nune, de neie Gunst."

Bedenklicher Mangel an Ehrfurcht

Als Hofkapellmeister Richard Strauss nach Schluß der Vorstellung einem alten Cellisten gegenüber den „Lohengrin“ als unerhört schönes Werk rühmte, erhielt er zur Antwort: „Na, freit mich, wenn er Ihnen gefällt, Herr Kapellmeister, uns hängder schon lange zum Halse ’raus.“

Zwischen den Beinen

Max Reger, der aus der Oberpfalz stammende Komponist mit dem drastisch bayerischen Witz, hatte mancherlei Beziehungen zu Weimar: Hier war seine erste Begräbnisstätte, hier hütete seine letzte Privatschülerin wie eine Reliquie bis zu ihrem Tod seinen Klavierstuhl. In der folgenden Begebenheit spielte Weimar indes nur als Bahnstation eine Rolle.

Der Meister saß im Zug von Leipzig nach Erfurt. In Weimar stürzte eine Dame ins Abteil und sank erschöpft in die Polster. Nachdem sie zu sich gekommen war, erkannte sie den Tonschöpfer und begann ihm ihr Leid zu klagen. „Es ist schrecklich. Ich bin Sängerin und habe so viel zu tun, daß ich nicht aus noch ein weiß. Mit einem Bein stehe ich quasi in Weimar und mit dem anderen in Erfurt auf der Bühne.“

Murmelte Reger: „Schade, daß ich nicht Stationsvorsteher in Vieselbach bin.“

Dem Klavier fehlt nix

„In Damengesellschaft konnte man manchmal eine Gänsehaut bekommen, wenn Max Reger kam", erinnert sich der Bildhauer Richard Engelmann, der Schöpfer des Wildenbruch-Denkmals (aus seinem Atelier stammt auch eine Büste Max Regers).

Engelmann und seine Frau, beide Musikfreunde, hatten einen Ibach-Flügel statt eines wesentlich teureren Bechstein angeschafft. Frau Engelmann war mit dem Klavier nicht recht zufrieden.

Als Reger zu einem Mittagsmahl bei Engelmanns in Weimar zu Gast war, bat die Frau des Hauses den Musiker, ihr seine Meinung über das Klavier mitzuteilen. „Gern", sagte er nach beendigtem Mahle, „haben's a Noten?" Er bekam die der Mondscheinsonate gereicht. Reger spielte den langsamen Satz. Nach wenigen Takten drehte er sich zu seinen Gastgebern um und sagte: „Dem Klavier fehlt nix."

Vorhang auf:
von der Hofbühne bis zum DNT

Goethe war Direktor dieses Theaters, und bis zum Ende aller Tage wird es keinen berühmteren geben. Zweimal änderte das Hoftheater seinen Namen: zunächst in Landestheater und schließlich in Deutsches Nationaltheater. Jetzt hat es schon den dritten Bau am Theaterplatz inne, wenn man den Wiederaufbau nach dem Krieg extra zählt, ist es der vierte. Schon durch ihre wuchtigen Dimensionen unterstreicht die Kulturfabrik im Herzen der Stadt ihre Bedeutung; wie eine Glucke nimmt sie die meist sehr viel niedrigeren Nachbarhäuser unter ihre Fittiche.

Einen langen Zug der Ereignisse hat das zweimal abgebrannte und einmal abgerissene, immer wieder aufgebaute Haus vorüberziehen sehen. Das weltweit bekannteste Ereignis war ein außertheatralisches: die Tagung der Nationalversammlung und die Annahme der Reichsverfassung von Weimar 1919.

Unter den Theaterereignissen finden sich Sternstunden, Skandale und vieles dazwischen. Die Zeiten scheinen jedoch unwiederbringlich vorbeizusein, da der jüngste Theaterkrach oder ein alkoholischer Exzeß eines Sängers noch Stadtgespräch war. Ein Rat Fiedler, der 51 Jahre seinen Stammplatz behauptete, und der Komiker Hettstedt, der durch seine Auftritte dazu beitrug, daß die Leute ihrem

Theater solche Nibelungentreue entgegenbrachten, sind längst in den Theaterhimmel eingegangen, den richtigen, noch oberhalb des Schnürbodens.

De Bande kommt

Daß die Bürger noch im 18. Jahrhundert die Wäsche von der Leine rafften, wenn sich ein Trupp fahrender Theaterleute auf dem sprichwörtlichen Thespiskarren näherte, ist mehr als nur eine Redensart. Die Wirtin der „Henne" bei Herrengosserstedt rief immer dann, wenn Weimars Hofschauspieler auf ihrer Reise in die Gastspielorte Halle und Lauchstädt durchkamen, dem Mädchen zu: „Marie, duck de Wäsche wäck, de Bande kummt."

Die Schauspieler rächten sich, indem sie beim Passieren der „Henne" künftig den Satz im Chor wiederholten.

Vohs, das schlampige Genie

Der Schauspieler Vohs gab 1800 die Titelrolle im „Macbeth" in der Schillerschen Bearbeitung. Zur ersten Probe erschien er völlig unvorbereitet, so daß die Hilfe des Souffleurs nur wenig fruchtete.

Das wiederholte sich, sehr zum Verdruß Goethes, bei der Hauptprobe, worauf der Direktor drohte, das Stück abzusetzen. Schiller beschwichtigte den Freund, indem er auf das außerordentliche Können von Vohs hinwies. Er werde die Rolle schon meistern.

Die Vorstellung fand am anderen Tage statt. Der Beifall steigerte sich von Akt zu Akt, und namentlich war es Vohs, der das Publikum begeisterte. Nach dem Ende wandte sich Schiller dem Regisseur Anton Genast zu: „Sehen Sie, Genascht, wir habbe recht gehabt. Er hat zwar ganz andere Vers gesprochen, als ich sie geschriebe hab, aber er ischt trefflich."

Jean Paul auf der Flucht

„Wallensteins Lager" wurde gegeben. Jean Paul war mit seiner Jeanette Pauline im Hoftheater, lief mitten im Stück weg und rief: „Ach, was ist das für ein barbarisches Zeug!"

Der Zorn der Dichtermutter

Kotzebue, der in Weimar geborene, zu seiner Zeit sehr erfolgreiche Stückeschreiber, hatte seine größte Verehrerin in seiner Mutter.

Bei Aufführungen seiner Stücke am Hoftheater wachte sie über die Aufmerksamkeit des Publikums und reagierte sofort auf sich regende Opposition. Kritikern von Werken August von Kotzebues schickte sie bissige Briefe ins Haus.

Abfällige Kritiker gab es mehr als genug – trotz oder vielleicht gerade wegen des Erfolges jener Stücke. In einer Rezension von „Menschenhaß und Reue" hieß es zum Beispiel, daß das Stück nur einen einzigen Fehler habe, es sei nämlich vom Anfang bis zum Ende ein einziger großer Fehler.

Bei einer Vorstellung ebendieses Schauspieles wurde Anna Christine von Kotzebue tätlich und zog einen vor ihr sitzenden Theaterbesucher, der von seinem Nebenmann nach der Uhrzeit gefragt worden war, unsanft vom Ohr des Nachbarn weg.

Von Weimar – ein Gedankenstrich

Einer der Schriftsteller, die nur mit einem einzigen geflügelten Wort im Volksbewußtsein überlebten, ist Gottfried Adolf Müllner. Der Satz lautet: „Und erklärt mir, Oerindur, diesen Zwiespalt der Natur." Meist wird er zitiert „Erkläret mir, Graf Oerindur, diesen Zwiespalt der Natur."

Das Wort entstammt der sogenannten Schicksalstragödie „Die Schuld" von 1813. Müllner bot sie Goethe zur Aufführung im Hoftheater an und verzichtete auf jedes Honorar. Die Ehre, daß er in Weimar gespielt werde, reiche aus.

Insgeheim hatte er doch vielleicht mit mehr gerechnet als mit einem freundlichen Schreiben von Goethe und dessen „Natürlicher Tochter" im Prachtband. Das geht aus einem bei ihm gefundenen Verzeichnis hervor, auf dem er die Aufführungsorte der „Schuld" und die empfangenen Honorare aufgelistet hatte: „Wien, hundert Dukaten, Berlin 40 Louisdors" und so fort. Am Schluß der Liste: „Von Weimar (ein langer Gedankenstrich) Goethes ‚Natürliche Tochter' und ein artiges Handbillet vom Verfasser."

Schule der Arroganz

Als der Schauspieler Binder (1792–1854) von Weimar nach Wien zurückkehrte, fragte man ihn, wie es ihm in der Stadt an der Ilm gefallen habe. Er erwiderte: „Im allgemeinen nit übel. Weimar is halt a kleins Penzing" (Dorf bei Wien). Auf eine weitere Frage, was er hier gelernt habe, sagte er: „G'lernt hab i nix, aber arrogant bin i worn."

Feind von Einaktern

Der Heimatstückeschreiber Alexander Rost, der zu jeder Tages- und Nachtzeit sein Quantum Alkohol intus hatte, pflegte im Theater einzuschlafen. Den Inhaber der Nachbarsitze blieb nichts anderes übrig, als über seine ausgestreckten Beine hinwegzuklettern. Weckte der Theaterdiener am Ende der Aufführung den Schlummernden, so brummte er unzufrieden vor sich hin: „Na, se haben wohl wieder nur eenen Akt offgeführt?"

Was gleicht wohl auf Erden dem Sangesvergnügen

Der alte Taubstummen- und Blindenlehrer Oehlwein mochte den „Freischütz" über alles in der Welt. Und im „Freischütz" ging ihm nichts über den Jägerchor. Sobald er erklang, brüllte der alte Oehlwein, so laut er konnte, mit: „Was gleicht wohl auf Erden dem Jägervergnügen." Wenn sich ein Auswärtiger beim Logenschließer beschwerte, bekam er zur Antwort: „Der Herr Direktor Oehlwein, der darf bei uns mitsingen."

Lob der Treue

Einer der leidenschaftlichsten Theaterfreunde im vorigen Jahrhundert war der Herr Rat Fiedler. Als er eines Tages seinen Parkettplatz aufsuchte, fand er ihn mit Blumen geschmückt, und obendrauf lag ein Schreiben der Intendanz, das dem alten Kunstfreund verkündete, er sei heute 51 Jahre Abonnent und möge seinen Platz von nun an als Ehrensitz benutzen.

Im schreienden Gegensatz zu dieser rührenden Anhänglichkeit eines Zuschauers stand das wohl kürzeste Engagement in der Geschichte des Musentempels. Die Chronik meldete am 14. September 1871 eine Egmont-Aufführung, in der ein Herr Beck aus Nürnberg eine Gastrolle als Titelheld gab. In dürren Worten vermerkte die Chronik weiter, daß Herr Beck engagiert wurde, auf Urlaub ging und nicht wiederkehrte.

Von sich überzeugt

Der Heldendarsteller Lehfeld besaß neben dramatischem Talent ein ausgeprägtes Geltungsbedürfnis, das sich nicht damit abfinden wollte, daß es neben ihm noch andere Schauspieler auf Erden gab. Bei einem Bühnenkongreß um 1870 in Weimar stellte Ludwig Barnay die beiden Schauspieler Otto Lehfeld und Ernst Possart einander vor. Lehfeld musterte den Kollegen, der seiner Meinung nach eine zu große Rolle auf dem Kongreß gespielt hatte, und legte die Stirn in Falten: „Possart, Possart … auch vom Theater?“

Da verstelle ich mich

Vor dem Komiker und Hofschauspieler Karl Hettstedt war niemand sicher. Hatte man sich eben noch ausgeschüttet vor Lachen, konnte man im nächsten Augenblick Zielscheibe seines Spottes, ja Hohnes, sein, eines Spottes, der, sogar nach heutigen Maßstäben, manches Mal wenig delikat war.

Das Publikum bekam es natürlich rasch mit, als er auf der Bühne zu stottern begann wie ein angesehener Fleischermeister. Der Fleischer, der auch im Theater war, lief kirschrot an vor Ärger, rannte schnurstracks aus dem

Haus und verklagte Hettstedt beim Stadtrichter Aulhorn.

Der Richter lud ihn anderen Tages, und Hettstedt trat ein. „G-g-guten Tag, Her St-St-Stadtrichter Au-Aulhorn!“

„Was fällt Ihnen denn ein, Herr Hofschauspieler! Gestern verspotten Sie hier im Theater einen ehrsamen Bürger, und heute wollen Sie auch hier Komödie spielen!“ „Herr St-St-Stadtrichter“, sprach Hettstedt, „ich stottere von Natur.“

Jetzt aber platzte dem Richter der steife Kragen. Hettstedt solle vor dem Amt gefälligst solche Faxen unterlassen, er, der Stadtrichter, wisse genau, daß der Herr Hofschauspieler auf der Bühne ordentlich spreche.

„Ja, ja, Herr St-Sta-Stadtrichter“, räumte Hettstedt ein. „D-d-da ver-ver-verstelle ich mich.“

Wie zum Schade der Spott kam

Eines der erfolgreichsten Stücke von Alexander Rost, der seinen Geist nur allzu gern vom Weingeist beflügeln ließ, hieß „Die letzte Hexe von Weimar“. Im Schlußakt hatte Karl Hettstedt aus der Versenkung zu erscheinen. Um die Vorliebe des Dichters für einen guten Tropfen anzudeuten, sprach er: „Mein Harnisch ist von Rost zerfressen, doch stammt er nicht von Blut, oh nein! Man weiß, wo fließet Bier und Wein, da stellet stets der Rost sich ein.“ Das „zweite Haus“, das von 1827 bis 1907 stand, erbebte unter dem Gelächter der Zuschauer. Der einzige, der etwas gegen die Stegreifdichtung des Komödianten einzuwenden hatte und dies auch öffentlich äußerte, war der Theaterkritiker und hauptamtliche Gymnasialprofessor Oskar Schade. Hettstedt merkte sich das.

Wieder wurde die „Letzte Hexe“ aufgeführt. Hettstedt stieg in seiner verrosteten Ritterrüstung empor und deklamierte: „Ich war schon über Hetschburg ’naus, da rief mich zurück euer großer Applaus! Ich danke sehr für diese Gnade, nur einer hat gezischt – und das war Schade!“

Der zornentbrannte Kritiker verlangte vom Intendanten August von Loën, daß er Hettstedt das Improvisieren untersage. Der parierte diesen Verstoß auf seine Art. Bei der nächsten Vorstellung erschien Hettstedt mit einem großen Schloß vor dem Mund und einer vielsagenden Tafel um den Hals mit der Aufschrift „Durch Schaden wird man klug.“ Das Publikum jaulte auf vor Freude, Schade, der wiederum das Nachsehen hatte, vor Schmerz. Er drohte, wenn der Herr Hofschauspieler sich nicht bei ihm entschuldige, werde er ihn wegen Verächtlichmachung gerichtlich belangen.

Der Akteur ging zum Schein darauf ein und kam zur verabredeten Zeit. „Guten Tag. Aach, sagen Sie, wohnt hier nicht der Herr Müller?“ Auf die verwunderte Antwort Schades: „Aber nein!“ entgegnete der Widersacher „Schade – dann entschuldigen Sie bitte!“

Der Doktor Oskar Schade zog es vor, als Privatdozent für deutsche Sprache und Literatur nach Halle und später nach Königsberg zu gehen.

Der Hervorruf verhallte ungehört

Trotz einer vergleichsweise kurzen Karriere muß Karl Beck, der Tenor und gelernte Zuckerbäcker, bei den hiesigen Opernfreunden beliebt gewesen sein. Davon zeugt eine Anzeige in der „Weimarischen Zeitung" vom 19. Juni 1851 mit folgender „Anfrage an Herrn Beck": „Mehrere Theaterbesucher wünschen dringend den Grund zu wissen, warum sie am 16. d. M., nachdem Sie am Schluß des vierten Aktes rauschend gerufen wurden, nicht erschienen sind, und bitten deshalb um Aufschluß."

In der Zeitung vom 21. Juni antwortet der singende Zuckerbäcker: „Auf die in No. 90 der W. Z. gestellte Anfrage erachte ich es als Pflicht gegen das Publikum – dem ich wie die höchste Verehrung, so die Gefühle des innigsten Dankes zolle – zu bemerken, daß es mir deshalb unmöglich war, auf den ehrenvollen Hervorruf nach dem 4ten Akte der 'Stummen von Portici' zu erscheinen, weil ich in der Garderobe mit Umkleiden beschäftigt war und außerdem von Geräusch umgeben, von diesem Rufe auch nicht das Mindeste vernehmen konnte und zur rechten Zeit keine Kenntniß davon empfing."

Daher der Name Hoftheater

Ernnenung eines Theaterchefs: „Der zeitherige Königl. Bayerische Hoftheaterintendant Dr. Franz Dingelstedt zu München wird vom 1. Oktober 1857 an zum neuen

Intendanten des Hoftheaters und der Hofkapelle unter Verleihung des Dienstprädikats als Generalintendant und des Rechts zum Tragen der gestickten Hofuniform ernannt."

Verdächtige Geräusche

Nach einer endlos erscheinenden Probe zu einem der Shakespearschen Königsdramen, es war wohl „Heinrich VI.", bestand Intendant und Regisseur Dingelstedt darauf, daß hinter der Bühne ein Hornsignal einzuüben sei. Dem unglückseligen Hornisten wollte und wollte es nicht gelingen.

Nach einem neuerlichen Versuch wurde der Theaterchef ungeduldig und rief: „Ach, das geht mehr in das Gebiet der Blähungen über, kommen Sie, meine Damen und Herren, wir wollen hier nicht weiter stören."

Mitdenken unerwünscht

In einem Gespräch über verschiedene Schauspieler des Hoftheaters kam Dingelstedt auf einen gewissen Wünzer zu sprechen. „Der fängt an, mir fürchterlich zu werden", murrte der Intendant. „Der Mensch fängt an zu denken."

Mann mit Zukunft

In der Dingelstedt-Ära hatte im rechtsseitigen Balkon, I. Rang, ein ehemals preußischer General, der nun das Weimarer Regiment befehligte, seinen Stammplatz. Als die Aufführung eines der Königsdramen unter frenetischem Beifall zu Ende gegangen war, erhob sich der Militär von seinem Feldherrnhügel und sprach zu seinem Nachbarn Dr. von Schorn: „Hören Sie mal, lieber Doktor, dieser Shakespeare ist ein tüchtiger Mann, ich glaube, der hat eine Zukunft."

Wenn ich spälte, waren's 2000

Am Biertisch der „Erholung" (heute „mon ami") am Karlsplatz, dem jetzigen Goetheplatz, beschrieb Eduard Genast das alte Leipziger Stadttheater. „Das Theater faßte für gewöhnlich 1000 Personen, bei Novitäten vielleicht 1300 Menschen, da konnte aber schon kein Apfel mehr zur Erde fallen, so voll war es. Allerdings, wenn spälte, faßte es seine 2000 Personen, die Korridore näch mitgerechnet, welche, da die Türen geöffnet wurden, auch noch 500 Menschen bargen, die sich hineindrängten, um mich zu hören."

Unter der Gürtellinie

Hofschauspieler Georg Heltzig, der 1911 seinen Abschied von der Bühne nahm, wurde Opfer unfreiwilligen Rezensentenhumors: „Und endlich Herr Hofschauspieler Heltzig aus Weimar, dieser freundliche, immer wiederkehrende Abendstern des Weimarischen Hoftheaters, dieser kostbare Spender eines echten, gesunden Humors, wird unsere Herzen und Unterleiber in eine höchst gesunde, fröhliche, sommerfrischlerische Bewegung setzen und einen dröhnenden, donnernden Beifall auslösen."

Ausgerechnet keine Bananen

Ein anderes Opfer unbeabsichtigter Komik wurde gar der berühmteste Direktor in der Geschichte des Theaters. In einem „Almanach des Deutschen Nationaltheaters Weimar" von 1925 schrieb ein Herr Professor Dr. O. Francke: „Als Goethe 1787 aus Italien zurückkehrte, war er ein anderer geworden. Für das Drama waren Iphigenie und Tasso die großen Südfrüchte, die er mitbrachte."

Unausrottbarer Aberglaube

Wenn es während der Generalprobe nicht richtig kracht, mißlingt die Premiere. Daran glaubt der Schauspieler so fest wie sonst nur daran, daß die Bretter die Welt bedeuten.

Generalprobe zu Goldonis „Lügner“ in den 50er Jahren am Deutschen Nationaltheater. Je weiter die Probe fortschritt, um so mehr beunruhigte die Akteure das Ausbleiben des glückverheißenden Krachs.

Die Szene mit dem italienischen Lied ließ sehr zu wünschen übrig. Schauspieler Martin Zehner zu Regisseur Dr. Helmut Spieß: „Sie werden das wohl wiederholen lassen müssen.“ Der Regisseur, wie von der Tarantel gestochen, zum Schauspieler: „Was erlauben Sie sich? Sind Sie der Regisseur oder ich? Kümmern Sie sich lieber um Ihre Rolle, mein Herr!“

Betretenes Schweigen auf der Bühne. Dann Spieß, mehr zu sich selbst: „Gottseidank, das war er, der Krach!“

Die Pause ein Traum

Im „Sommernachtstraum“ spielten Fred Diesko und Linde Sommer das Fürstenpaar, dessen Hochzeit der Anlaß ist für Athens Handwerker, eben den „Sommernachtstraum“ in Szene zu setzen.

Während der Aufführung trat eine Pause ein. Linde Sommer zu Fred Diesko: „Du, war hier schon immer eine Pause?“ Fred Diesko zu Linde Sommer: „Nein, aber jetzt bist du dran.“

Franz Moors Sprungschanze

Fast die komplette erste Jahrhunderthälfte bis weit in die Nachkriegszeit hinein verkörperte Xaver Mang auf der Weimarer Bühne schwere Baßrollen. Über sechzigmal sang er den „Gurnemanz“ im „Parsifal“.

Voller Interesse besah er sich die „Räuber“ in einer Neuinszenierung von Otto Lang (Generalintendant von 1958–1973). Das Bühnenbild bestand aus Holz, Holz und noch einmal Holz. In der Theaterbäckerei in der Heinestraße teilte Mang, der die bayerische Herkunft sprachlich nie verleugnete, einem jungen Schauspieler mit: „Wissen's, die Premiere hat mir ganz gut gefallen. I hob nur a Fragen: Wo habt's eigentlich die Sprungschanzen auf der Bühne her?“

Schreck vor der Generalprobe

Eine Schrecksekunde erlebte die Kostümbildnerin der 60er und 70er Jahre, Ingrid Rahaus, vor einer Tosca-Generalprobe. „Wo ist das Kostüm für den Hirtenknaben?“ fragte eine Kollegin. War es vergessen worden? Der Schreck verflog mit der aufdämmernden Erkenntnis, daß dieser Hirte hinter der Szene singt, mithin kein Kostüm braucht.

1945, 1961, 1989: Das Leben ging immer weiter

Das Wort „Nische" zur Charakterisierung des Lebens zwischen 1945 und 1990 im deutschen Osten kann man zwar als Folge seines inflationären Gebrauchs kaum noch hören, es zielt an der Realität indes weniger vorbei als manch andere Importvokabel. Man muß von weither gekommen sein, um in dem Gemisch von Anarchie und Improvisation in den DDR-Betrieben eine „Kommandowirtschaft" zu erkennen. Überhaupt begeht der einen verhängnisvollen Fehler, der den Alltag im sozialistischen deutschen Staat mit der Selbstdarstellung der SED, ihrer Propaganda, verwechselt. Ein Alltag, der gekennzeichnet war von politischer Anpassung, das auch, aber ebenso von Selbstbewußtsein am Arbeitsplatz und von einer zwar nicht politischen, aber relativ großen sozialen Gleichheit. Und von einer manchmal schon überhitzten Produktion politischer Witze. Sie sind nicht Gegenstand dieses Büchleins.

Seltsame Inseln von Basisdemokratie erhielten sich inmitten der Diktatur. Da eine Verwaltungsgerichtsbarkeit fehlte, wandte sich der Bürger, wenn er ein Projekt durchsetzen oder verhindern wollte, an den Ersten Sekretär der Kreisleitung der SED, besser noch an den „Ersten" der Bezirksleitung oder am besten an den Generalsekretär. Das Telegramm einer Malerin an Erich Honecker beendete noch am gleichen Tag den begonnen Einschlag der Linden in der Belvederer Allee durch ein staatsrätliches Machtwort.

Eine Theaterpremiere, ein Gastspiel, eine Ausstellung von Willi Sitte oder von Loriot konnte noch zum Stadtgespräch avancieren. In Weimar sang Erna Berger, spielten Elly Ney, später Vater und Sohn Oistrach und Swjatoslaw Richter. Es gab Wochen, in denen alle Vorstelleungen des Nationaltheaters ausverkauft waren. Ebenso ausverkauft waren die Auftritte der westdeutschen Schnulzenprominenz in der Weimarhalle. Als solch ein Schnulzenheini, ich glaube, es war Costa Cordalis, angekündigt war, bekam der Weimarhallenchef einen Brief: „Beschaffe Ihnen eine Kiste Tomatenketchup, wenn Sie mir eine Karte besorgen." Das war noch nicht das letzte Angebot. Eine Frau versprach ihm alles, „was eine Frau nur geben kann"; für eine Eintrittskarte. Beinahe schon eine Anekdote.

Virtuos nicht nur auf dem Cello

Walter Schulz, der Direktor der Musikhochschule von 1946 bis 1948, war von Haus aus Cellist, was ihm den Spitznamen Schabe-Schulz eingebracht hatte. „Ich werde mit den Leuten spielend fertig", behauptete er von sich mit Blick auf sein geliebtes Instrument. Es war ihm in der Tat gegeben, mit einflußreichen Personen ebenso virtuos umgehen zu können wie mit dem Cello, obwohl manche Partner schwierig waren und ein Fehlgriff bei ihnen schlimmere Folgen haben konnten als einer auf den Saiten.

Einer jener Partner im Nachkriegs-Weimar war General Kolesnitschenko von der sowjetischen Militäradministration. Dessen Hilfe brauchte er zum Beispiel für die Beseitigung der ärgsten Kriegsschäden an den Hochschulgebäuden. „Was macht Schule?“ „Keine Nägel, Herr General.“ „Du bekommen Nägel.“ Der eine oder andere Wodka besiegelte die Zusage.

Keine Angst vor Parallelen

In Weimar hatte sich ein Kreisorganisation der Freien Deutschen Jugend (FDJ) gebildet. Ein Offizier der SMATh (Sowjetische Militäradministration in Thüringen) ordnete an: „Macht einen Fanfarenzug!“ Ein Funktionär wagte den Einwand: „Die Hitlerjugend hatte auch Fanfarenzüge.“ Der Militär: „Nu, sollen wir den DFD-Frauen die Kochtöpfe verbieten, weil die Frauenschaftsfrauen auch welche hatten?“

„Das reicht“

Leo Moog (LDP) war von der sowjetischen Militärregierung als Finanzminister Thüringens ausersehen. „Was verstehen Sie davon?“ fragte der General den gelernten Weinhändler. „Ich mache in meinem Doppelkopf-Klub die Abrechnung, Herr General. Wenn das reicht …“ „Das reicht!“ beschied ihn der General mit militärischer Knappheit.

Ein paar Jahre später wurde Moog unter Korruptionsvorwürfen abgesetzt. Man vermutete wohl nicht zu Unrecht einen Vorwand, um den bürgerlichen Minister loszuwerden. Moog wechselte sicherheitshalber über die Grenze nach Westberlin.

Den Kopf im Verband und den Arm in der Schlinge

Trotz knurrender Mägen und schlechtgeheizter Wohnungen standen die Menschen in der Nachkriegszeit nicht nur nach Brot, Butter und Heizmaterial Schlange. Es gibt sogar Stimmen, die behaupten, das Interesse an kulturellen Dingen sei trotz – oder wegen – der Alltagsmisere größer gewesen als heute.

1946 erschien in der Zeitung eine Karikatur, die einen Mann mit Kopfverband und Arm in der Schlinge zeigte. Eine Frau fragte besorgt: „Um Gottes willen, haben Sie unterm Bus gelegen?“ Sprechblase des Mannes: „Nee, ich war nur ganz friedlich beim Verkauf der ersten Sonderbriefmarken zum Wiederaufbau des Deutschen Nationaltheater am Postamt.“

Der „Theaterblock“, entworfen von Engelbert Schoner, wurde in kurzer Zeit 426 000 mal verkauft, was drei Millionen Mark für den Wiederaufbau des Musentempels in die Kassen spülte.

Der hoch-geschickte Wortspieler

1949, als der Emigrant Thomas Mann nach dem Krieg zum ersten Mal nach Weimar reiste, um den Goethepreis und die Ehrenbürgerwürde in Empfang zu nehmen, suchte ihn der Pressefotograf Ernst Schäfer im Hotel „Kaiserin Augusta" am Bahnhof auf. Der Portier Walter rief vorher im Zimmer des prominenten Gastes an. „Darf ich den Fotografen hochschicken?" Der Literatur-Nobelpreisträger bejahte.

Als Schäfer ihm am nächten Tag die gelungenen Aufnahmen vorlegte und ihn um eine Widmung bat, erlebte er eine Überraschung. Dem Dichter hatte der Satz des Portiers so gut gefallen, daß er Schäfer folgende Widmung aufs Porträt schrieb: „Dem hoch-geschickten Photographen Ernst Schäfer. Thomas Mann."

Ministerpräsident Griesgram

Redlich mühte sich Ernst Schäfer, den stets finsteren Gesichtsausdruck des ersten DDR-Ministerpräsidenten Otto Grotewohl ein wenig aufzulockern. „Wenn ich für jedes Foto von mir eine Mark kriegte, brauchte ich nicht mehr zu arbeiten", murrte der frühere Sozialdemokrat, der einst durch den Händedruck mit Wilhelm Pieck den Zusammenschluß von SPD und KPD in der Ostzone zur SED vollzogen hatte.

Da griff Schäfer in sein Portemonnaie und reichte dem verdutzten Regierungschef eine Mark. „So entstand das seltene Bild eines schmunzelnden Grotewohl, das rasch Verbreitung fand", erinnerte sich der Bildreporter.

Meister des Taktstocks und der Pedale

Als Generalmusikdirektor Hermann Abendroth, Chef der Weimarischen Staatskapelle und leidenschaftlicher Radfahrer, einen der Nationalpreise der frühen DDR überreicht bekam, fragte ihn der Pressefotograf Schäfer, ob er nun ein Zeitungsanzeige aufgeben wolle „Fahrrad zu verkaufen". „Nein", entgegnete der Meister des Taktstocks. „Ich fahre weiter Rad."

Con fuoco und Zigarrenrauch

Die drei „großen B" – Beethoven, Brahms, Bruckner – schätzte Hermann Abendroth als Dirigent ganz besonders. Als Lebenskünstler hatte es ihm noch ein weiters „B" angetan, die Brasil. Die Zigarren bezog er von einer Firma, bei der schon Jean Sibelius Kunde gewesen war. Unter der Überschrift „Feiner Kerl! Raucht beim Dirigieren!" berichtete eine Zeitung, wie der „General" mit der Bemerkung „Mit Dampf geht's besser!" den Probenraum betrat, sich eine Zigarrenstummel ins Gesicht steckte und den Taktstock hob.

Wie Hanns Eisler einen Rückzieher machte

Hanns Eislers Name wäre selbst dann in jedem besseren Musiklexikon zu finden, wenn er nicht der Komponist der DDR-Nationalhymne gewesen wäre, jener Nationalhymne, deren Tragikomik darin bestand, daß in der zweiten Halbzeit der DDR-Geschichte ihr Text (Johannes R. Becher) wegen der Zeile „Deutschland einig Vaterland" nicht mehr gesungen wurde und daß die Montagsdemonstranten von 1989/90 just mit dieser Zeile den Untergang des kleineren Teilstaates herbeiriefen.

1952 war es, als der Berliner Komponist mit dem Volkschor Weimar aneckte. Am 23. 3. hatte er im „Sonntag" geschrieben: „Findige Kaufleute in Amerika lassen in ihrer Radio-Reklame eine Bearbeitung dieser Sonate (op. 27) für Chor und Orchester spielen. Dazu singt der Chor einen Schmalzchoral an den Mond. Das ist reine Barbarei, und von ihr soll an diesem Tage berichtet werden. Dies scheint um so notwendiger, als mir Freunde erzählen, daß in Weimar eine Beethoven-Sinfonie von einem Ziehharmonika-Orchester aufgeführt wurde."

Diese Bemerkung rief den damaligen Volkschor Weimar in der Person Kurt Heimanns auf den Plan. Er schrieb an Hanns Eisler u. a.:

„Als Mitglied einer Laienkunstgruppe – des Volkschores Weimar – bin ich der Sache nachgegangen. Wir müssen feststellen, in Weimar gibt es kein Ziehharmonika-Orchester, und in Weimar ist eine Beethoven-Sinfonie von einem Ziehharmonika-Orchester nicht aufgeführt worden. Sehr geehrter Herr Professor! Bitte teilen Sie uns mit, welches Ziehharmonika-Orchester eine Beethoven-Sinfonie aufgeführt hat?"

Hanns Eisler machte einen nicht sehr eleganten Rückzieher. Er habe die fragliche Information von seinem Komponistenkollegen Max Butting, und er benutze sie, um davon und von Ähnlichem abzuschrecken. „Es freut mich, daß Ihr im Namen der Laienkunst der Stadt Weimar protestiert."

Jawohl, Herr Professor

Der Dresdner Bildhauer Johannes Friedrich Rogge ist der Schöpfer des einzigen deutschen Puschkin-Denkmals, das sich seit 1949 am Eingang des Parkes gegenüber dem Haus der Frau von Stein erhebt. Während er kurz vor der Enthüllung gemeinsam mit dem Steinmetz, der den Sockel angefertigt hatte, letzte Hand anlegte, redete ihn der hartnäckig mit „Herr Professor" an. Als Rogge ihn berichtigte, daß er nicht Professor, sondern Doktor (Dr. phil.) sei, reagierte der Steinmetz, wie aus der Pistole geschossen: „Jawohl, Herr Professor!"

Chauffeur Fritz Cremer

Nach der Einweihung des Buchenwald-Denkmals sollte im Russischen Hof ein Bankett stattfinden. Als die Wagenkolonne in der Stadt ankam, wurde mit Schrecken bemerkt, daß Fritz Cremer, der Schöpfer der Figurengruppe, offenbar auf dem Ettersberg vergessen worden war.

Schließlich wurde der Bildhauer im Zug der Tausende erkannt, die nach Weimar zurückströmten. Dem Maler Rudi Engel gelang es, Cremer zum Einsteigen in das Auto zu überreden. Engel eilte aus dem Wagen ins Hotel, Cremer, etwas langsamer, wurde an der Tür vom Portier aufgehalten: „Chauffeure haben keinen Zutritt."

Michelangelo und Michel

Wie der Nobelpreis ist auch der alljährlich in Weimar verliehene Literatur- und Kunstpreis interessanter durch die Nichtpreisträger als durch die Preisträger. Zu den ersteren gehörte der Designer Horst Michel (1909–1989), Direktor des Institutes für Innengestaltung an der HAB. „Was soll's", spottete er, „wenn ich in Seemanns Kunstlexikon gleich neben Michelangelo stehe."

Das Primat der Ökonomie

Sogenannte Bürgerkonferenz im Deutschen Nationaltheater Weimar. Walter Ulbricht hatte die Honoratioren der Republik um sich versammelt, unter ihnen den evangelischen Thüringer Landesbischof Moritz Mitzenheim. Der Würdenträger sprach in seinem Beitrag von den ökumenischen Beziehungen, die seine Kirche zu den Religionsgemeinschaften anderer Länder pflegte.

In seinem Schlußwort griff der Staatsratsvorsitzende im gewohnten sächsischen Singsang das Thema auf. „Wenn die evangelische Kirche ökonomische Beziehungen zu anderen Kirchen in der Welt unterhält, haben wir nicht das Geringste dagegen einzuwenden, ja."

Walter Ulbricht, faustisch

„Wenn man wissen will, wie die Geschichte verläuft, muß man das 'Kapital' von Karl Marx und Goethes 'Faust' gelesen haben." Die angeblich von Ulbricht stammende Sentenz führte Helmut Holtzhauer, langjähriger früherer Generaldirektor der NFG (Nationale Forschungs- und Gedenkstätten der klassischen deutschen Literatur, umgangssprachlich „VEB Goethe") häufig im Munde, bis sich herausstellte, daß der spitzbärtige Sachse solches nie gesagt hatte.

Holtzhauer war der Satz jedoch so ans Herz gewachsen, daß er sich bemühte, ihn dennoch von Ulbricht autorisieren zu lassen. Der machte seinem engeren Landsmann – beide stammten aus Leipzig – die Freude und bekannte sich zur geistigen Vaterschaft an dem Ausspruch.

Lob der klassikerfreien Sauna

Was ein Kombinat in der volkseigenen Wirtschaft war, waren die Nationalen Forschungs- und Gedenkstätten für das hiesige Museumswesen. Überall stieß man auf Niederlassungen des weitverzweigten Institutes. Das hatte wohl Erwin Strittmatter im Sinn, als er sich folgendermaßen im Gästebuch der Sauna in der Schwanseestraße verewigte: „Durch einen grandiosen Irrtum kam ich in die Sauna von Weimar und stellte fest, daß sie nicht zu den Forschungs- und Gedenkstätten gehört. Es ging mir trotzdem gut hier, und die Bratwurst, die ich erhielt, kann sich (leider nicht mehr) sehen lassen. Alles Gute! Euer Erwin Strittmatter, Oktober 1968."

Menschen aller Länder …

Die Synthese von Marx und Goethe vollzog nicht nur der DDR-Staatsratsvorsitzende. Auch Weimars Original Herbert Mette (verstorben 1973) gewann dem Bärtigen aus Trier und dem Bartlosen aus Frankfurt/Main Gemeinsamkeiten ab. Der in der Tracht des jungen Werthers im Weimar der 50er und 60er Jahre herumstolzierende Sonderling (das Adreßbuch von 1950 verzeichnete ihn als „Schriftsteller") gab mit Vorliebe den folgenden Kernsatz von sich: „Menschen aller Länder, vereinigt euch und seid edel, hilfreich und gut."

Rhetorischer Spitzensport

Luitpold Steidle war als Oberbürgermeister von Weimar kein unbeliebter, allerdings ein relativ machtloser Mann. Er sorgte dafür, daß die Ehringsdorfer Brauerei für den Zwiebelmarkt ein Spezialbier, das sogenannte „Triumphator", zusammenbraute. Aber der ehemalige Berufsoffizier der Wehrmacht (Oberst im Stab von Feldmarschall Paulus bei Stalingrad) und spätere DDR-Minister mit Mandat der Ost-CDU war nicht gefeit gegen die allgemeine Unsitte, durch übermäßiges Pathos öffentliche Reden völlig ungenießbar zu machen. Seine Auftritte waren zudem wegen seiner zunehmenden Zerstreutheit gefürchtet.

Vom Rathausbalkon sprach er zu den Teilnehmern einer DDR-Jugendmeisterschaft der Leichtathleten. „Vollbringt hohe sportliche Leistungen zum Ruhme unserer Deutschen Demokratischen Republik. Heute die 100 m in elf Sekunden, morgen in 11,5 Sekunden."

Dachschäden

Unfreiwillige Komik war jedoch nicht nur das Privileg des Oberbürgermeisters. Auch der Stadtschulrad Bernhard B. blieb von dem Fall des Damoklesschwertes, das über öffentlich Redenden baumelt, nicht verschont. Bei undichten Fenstern in Klassenzimmern, Turnhallen, in die es hineinregnete, und wankenden Schornsteinköpfen konnte einem schon die Sprache auf und davongaloppieren. „Im Bereich der Volksbildung gibt es die meisten Dachschäden", was das ernüchternde Fazit, das der Schulrat angesichts solcher Misere zog.

Das große Wiedersehen

Das von der DDR-Führung auf vielen Gebieten vergeblich angepeilte „Weltniveau" schafften einige Funktionäre wenigstens auf dem Gebiet des unfreiwilligen schwarzen Humors. Einer davon war Leutnant H. vom Stab der Weimarer Zivilverteidigung.

Aus einem Vortrag des Leutnants vor Mitgliedern dieser völlig harmlosen, zum allergrößten Teil ehrenamtlichen und unbewaffneten Formation: „Wenn auf dem Bahnhof eine Atombombe fällt, sehen wir uns alle auf dem Friedhof wieder."

Zum Aufsprung bereit

Zwei dominierende Figuren im Kulturbetrieb der 50er und 60er Jahre waren Helmut Holtzhauer und Karl Kayser. Der erste als Direktor (seit 1954) und später Generaldirektor der Nationalen Forschungs- und Gedenkstätten, der andere von 1950 bis 1958 als Generalintendant des Deutschen Nationaltheaters, wo er durch Inszenierungen von sozialistischen Gegenwartsstücken und sowjetischer Revolutionsdramatik sowohl für Aufsehen als auch für Ablehnung sorgte.

Der Germanist Hans Mayer, häufiger Gast in Weimar, stellte einst im Theaterkasino, also in Sichtweit des Goethe-Schiller-Denkmals, diese Scherzfrage und lieferte gleich die Antwort mit: „Warum können Goethe und Schiller das Podest nicht einmal für einen Augenblick verlassen? Weil dann Holtzhauer und Kayser aufspringen würden."

Er ist nicht heiter

Der Schauspieler Martin Zehner hatte zur „Woche mit Buches" eine Lesung mit heiteren Werken vor. Zu diesem Zweck wandte er sich an den als eitel geltenden Schriftsteller Walther Victor (1895–1971), der die Reihe „Lesebücher für unsere Zeit" begründet hatte.

Victor thronte wie ein Olympier im Lehnstuhl, ihm zu Füßen saß die Dramaturgin Tilla Bunzl, das sogenannte Radarauge des Deutschen Nationaltheaters. Der

Dichtersmann übergab dem Schauspieler einige lose Blätter. Dem reichte ein Blick, um festzustellen, daß wenig Heiteres darunter war, abgesehen von einer Anekdote, wie Walther Victor in Berlin für Goethe gehalten worden war.

Beim Hinausgehen wurde Zehner von Frau Victor gefragt, ob er Erfolg gehabt habe. Der Schauspieler druckste herum. „Leider ist zu wenig Heiteres dabei." Frau Victor senkte die Stimme: „Unter uns gesagt: Er ist nicht heiter."

Katharina Becker und der Nobelpreis

Sie erweckte den Anschein, jedes Buch, das sie verkaufte, gelesen zu haben: Katharina Becker, langjährige Inhaberin der „Thelemannschen Buchhandlung" in der Rittergasse. Dank guter Beziehungen zu maßgeblichen Leuten verstand sie es, den Laden als Privatgeschäft durch die Klippen möglicher Verstaatlichungsgefahren zu manövrieren.

Die Verleihung des Literatur-Nobelpreises 1965 an Michail Scholochow versetzte sie in Hochstimmung, denn schlagartig leerten sich die Regale von den Werken des Romanciers. War doch der Nobelpreis für die meisten Buchkäufer die offizielle Bestätigung, daß einem Autor Weltrang zukam.

Katharina Becker kommentierte dies mit einem Blick auf ihre Bücherwände: „Jetzt hoffe ich auf den Nobelpreis für Otto Gotsche, Max Zimmering, Erik Neutsch und Dieter Noll."

Das alte Museum bei Berlstedt

In den 60er und 70er Jahren wurde Berlstedt, in der Ackerebene nördlich von Weimar gelegen („hinterm Ettersberg", wie die Weimarer sagen), zu einem der Musterdörfer der sozialistischen Landwirtschaft ausgebaut, mit großer Milchvieh-LPG, Landwarenhaus, Kulturhaus, neuer Schule, Eigenheimen usw. LPG-Vorsitzender war standesgemäß ein Mitglied des Zentralkomitees der SED.

Flugs lief in der Kreisstadt der Witz von einem Reisenden um, der irgendwo in der großen kleinen Republik eine Fahrkarte nach Weimar kaufen will. „Weimar, Weimar", grübelte der Reichsbahner am Fahrkartenschalter, bis ihm die Erleuchtung kommt. „Ach ja, das alte Museum bei Berlstedt."

FKK in der Galerie

Sie sind seit kurzem wieder in der Schloßgalerie zu sehen, wo sie fast eine Wand einnehmen: die „Badenden Frauen" des belgischen Malers Théodor van Rysselberghe. Mit dem Originaltitel heißt das riesengroße pointillistische Gemälde „L'heure embrasée", die „Flammende Stunde". Elf Mädchen baden im Sonnenuntergang am Strand, alle so schön wie nackt.

1968 holten die Kunstsammlungen das Bild zum ersten Mal wieder aus dem Depot. Unter dem Motto „Test 1" wurden in der Kunsthalle am Theaterplatz

Werke der Malerei zwischen 1850 und 1910 ausgestellt, die bisher in den Magazinen ein Schattendasein geführt hatten. Die Besucher wurden um Meinungsäußerungen gebeten.

Zur „Flammenden Stunde“ schrieb eine Weimarer Dame ins Austellungsbuch: „Meine Meinung? So schnell wie möglich jedem Mädchen einen Badeanzug verpassen.“

Brutpaar im Zelt

Daß die Zelte eines Campingplatzes nicht dem Schlaf allein dienen, deutete 1968 ein Druckfehler in einer Fachzeitschrift an, wo über das Naherholungsgebiet Hohenfelden bei Weimar geschrieben wurde. Im „Forstecho“ konnte man lesen: „Nicht nur für unsere Menschen, auch für unsere heimischen Wasservögel ist der Stausee Hohenfelden eine willkommene Brut- und Heimstätte geworden.“

Datscheneinbruch bei Goethes

Es gehörte in der DDR schon einiges dazu, asozial zu werden. Jetzt kann man es schon ohne eigenes Verdienst schaffen.

Es muß Mitte der 60er Jahre gewesen sein, als ein Pärchen ohne feste Adresse sich ausgerechnet in Goethes Gartenhaus Einlaß verschaffte, um dort die Nacht zuzubringen. Nach dem unsanften Wecken durch die Volkspolizei fragte diese: „Wußten Sie nicht, daß das Goethes Gartenhaus ist?“ „Hm. Nee. Wenn das so ist, können wir uns ja bei Goethes entschuldigen.“

Wohl doch ein Genie

Im Marie-Seebach-Stift, dem Altersheim der Bühnenkünstler in der Tiefurter Allee, wohnte bis zu ihrem Tod im Jahr 1994 Ruth Haußmann, geb. Wenger. Die in der Schweiz geborene Sängerin und Schauspielerin war in erster Ehe mit Hermann Hesse verheiratet gewesen. Den Nachruhm ihres geschiedenen Mannes kommentierte sie als alte Frau wie folgt: „Ich habe nie gefunden, daß er ein Genie sei. Aber er muß wohl eines gewesen sein, denn er hat die Jugend für sich gewonnen.“

Tücken der Phonetik

Daß der früher alljährlich abgehaltene Ball der Imker „Hummelball“ genannt wurde, hat keine entomologische, also insektenkundliche, sondern eine phonetische Ursache. Denn auch Weimars Imker hielten zu jeder Zeit nicht Hummeln, sondern Bienen, und ihr Vergnügen hieß „Bienenball“. Zum „Bienenball“ geriet in den Mündern der Einheimischen jedoch auch sein großer Bruder, der Bühnenball des Deutschen Nationaltheaters. Um die drohende Verwechslung auszuschließen, tauften die Imker ihr rauschendes Fest nach dem großen brummigen, jedoch nicht stechenden Insekt.

Der Kunzraub

Getreu der Maxime des großen Georg Christoph Lichtenberg, wonach der sicherste Platz der Fliege, die nicht geklappt werden will, die Fliegenklappe selbst ist, suchten Einbrecher um 1980 just die Wohnung des hiesigen Polizeichefs, eines Oberstleutnant Kunz, heim. Aus einem Schrank stahlen sie sogenannte Prunkrömer. Der Chef setzte den ihm unterstellten Apparat nach Meinung der Untergebenen etwas zu aufwendig zur Aufklärung dieser Bagatellsache ein. Für sie war die (nie aufgeklärte Tat) fortan der „Kunzraub".

Keine Privilegien

Als der Regisseur Fritz Bennewitz von Meiningen nach Weimar als Schauspieldirektor verpflichtet wurde, begann die DDR-übliche Suche nach einer Wohnung. Eine Theatersekretärin rief beim Wohnungsamt an, um den „sozialistischen Gang" ein wenig zu beschleunigen. „Bennewitz ist ein berühmter Mann, er hat den ersten und zweiten Teil des Faust inszeniert."

Barsche Antwort des Stadtrates für Wohnungswesen: „Und wenn er den dritten Teil des Faust inszeniert hätte, müßte er trotzdem so lange auf eine Wohnung warten, wie jeder andere Bürger."

Reisen bildet kolossal

Nein, es waren oft weder die Besten noch die Klügsten, die auf Reisen ins sog. NSW („Nichtsozialistische Wirtschaftsgebiet") bzw. KA („Kapitalistisches Ausland") geschickt wurden. Chance, solch ein „Reisekader" zu werden, hatte nur der, der am zuverlässigsten schien und sich den Ruf der „Ergebenheit" – dies wurde einem verstorbenen Reisekader im allgemeinen im „Neuen Deutschland" nachgerühmt – durch fortgesetzte Lippenbekenntnisse erworben hatte.

Genosse Georg B., Chef eines Weimarer Bau- und Projektierungsbetriebes, war dienstlich in Äthiopien und mußte auf der Rückreise aus flugtechnischen Gründen einige Stunden in Rom zubringen. Zu Hause erzählte er von seinen Eindrücken von der Ewigen Stadt: „Auf einer Stadtrundfahrt haben wir auch dieses kaputte Theater gesehen."

Der große Bahnhof

Das dreimal gesiebte und anschließend handverlesene Häuflein Weimarer, das in die finnische Partnerstadt Hämeenlinna reisen durfte, fühlte sich im Flugzeug einer skandinavischen Airline von einem Pulk ungepflegter, lauter und rempelnder Männer belästigt. Sie unterschieden sich merklich von adretten jungen Erbauern des Sozialismus, fanden die Passagiere aus der DDR.

Bei Ankunft der Maschine auf dem Flughafen von Helsinki war der Platz schwarz vor Menschen. „Da erst erfuhren wir, wer die Mitreisenden waren", erzählte der „Reisekader" und LDPD-Kreisvorsitzende Th. „Dieser Empfang konnte nicht uns gelten." Es waren die Rolling Stones.

Fremdwort Zölibat

Um die Kirchen trotz des ihnen verfassungsgemäß zugesicherten Freiraumes an der kurzen Leine zu führen, waren bei den Abteilungen für Inneres der Bezirke und Kreise Planstellen für solche Mitarbeiter eingerichtet, die für den Kontakt zur Kirche zuständig ware. Der in Weimar erhielt eines Tages von seinen Vorgesetzten den Auftrag, die „kirchlichen Amtstäger des Territoriums" zu einer Versammlung einzuladen.

Gedankenvoll drehte der katholische Dechant die Einladung, die ihm aus dem Rathaus auf den Tisch geflattert war, hin und her.

Vermutlich hatte er in letzter Zeit nie so intensiv über den Zölibat nachgedacht. Las er doch: „… geben wir uns die Ehre, Sie und Ihre Frau Gemahlin zu der Zusammenkunft am 3. Oktober recht herzlich einzuladen."

Hoher Besuch, hohe Sicherheit

In die 80er Jahre fiel der Staatsbesuch des österreichischen Bundespräsidenten Kirchschläger in der DDR. Weimar war obligatorischer Punkt im Reiseprogramm. Die Obrigkeit befürchtete Demonstrationen von Ausreisewilligen und wechselte während der Visite des Chefs der Alpenrepublik kurzerhand die Bevölkerung der Innenstadt weitgehend aus. Anlieger erhielten Hausarrest, Sicherheitsleute und Schüler auswärtiger Parteischulen formierten sich zum Jubelspalier. Im Troß des Wieners und in der ihn begleitenden Journalistenschar schien das kein Mensch bemerkt zu haben.

Noch am Abend des denkwürdigen Tages sprachen die Weimarer nicht vom Staats-, sondern vom Staatssicherheitsbesuch.

Wenn zwei das Gleiche tun …

1983: Besuch des bayerischen Ministerpräsidenten Franz Josef Strauß in der DDR und damit in Weimar. Wolfgang L., Leiter des Büros für Neuererwesen (BfN) der Konsumgenossenschaft, läßt sich vor dem „Weißen Schwan“ von FJS die Hand drücken. Natürlich wird er ebenso observiert wie jener Germanist, der Jahre zuvor den Ministerpräsidenten von Rheinland-Pfalz, Helmut Kohl, im Elephanten um ein Autogramm gebeten hatte und dafür prompt ein Parteiverfahren an den Hals kriegte.

Wolfgang L. wird vor seinen Parteisekretär zitiert. „Wie kannst du es wagen, dem Strauß die Hand zu geben?“ „Aber der Genosse Honecker hat doch auch ...“ „Wie kannst du es wagen, dich mit dem Genossen Honecker zu vergleichen?“

Flüchtige Bekanntschaft

1983 nutzte Generalmusikdirektor Dr. Peter Gülke eine Tournee der Staatskapelle in der BRD, um nicht wieder in die DDR zurückzukehren. In der Stadt kursierte daraufhin der Kurzdialog: „Kennen Sie Dr. Peter Gülke?“ „Flüchtig.“

Der Krug geht solange zum Wasser ...

Als Manfred Krug sich Mitte der 70er Jahre im Theater des Friedens seinen begeisterten Zuhörern als Sänger präsentierte, waren seine Beziehungen zum Staat der DDR schon zum Zerreißen gespannt. Es war schon fast kein Porzellan mehr zum Zerschlagen vorrätig, als er sein Programm einleitete: „Ich begrüße auch die ganz besonders herzlich, die heute dienstlich hier sind.“

Scharfsinnig beobachtet

Gehörte ein SED-Parteitag wieder einmal der Vergangenheit an, mußten die Delegierten, die dort die Rolle des applaudierenden Hintergrundpersonals gespielt hatten, ins Land ausschwärmen und Erlebnisberichte abliefern. So auch Gabriele T., stellvertretende LPG-Vorsitzende aus Weimar, die auf einer Versammlung gefühlsbewegt erzählte: „Auf einmal flüsterten sich Genosse Honecker und Genosse Gorbatschow etwas ins Ohr. Ich nehme an, sie hatten etwas miteinander zu besprechen."

Unverzeihlich

Ging einem der „Sinn für Feierlichkeit" (Fontane) ab, konnte man in der DDR mit all ihren Ritualen nicht Karriere machen. Es hatte schon einige Verwunderung ausgelöst, als Klaus-Dieter B., der jedermann an jeder Straßenecke den neuesten politischen Witz erzählte, zum Vorsitzenden des Rates des Kreises Weimar befördert wurde.

Bei einer Jungwählerkonferenz erhob sich ein gut vorbereiteter FDJler zu seinem Diskussionsbeitrag. „Also, Genosse Vorsitzender, ich habe also den Wahlaufruf im ND gelesen …" Der Blauhemdler blieb stecken. Der Ratsvorsitzende versuchte durch einen Scherz die Panne zu überbrücken: „Ach, Sie waren das?"

Wenige Wochen später wurde Klaus-Dieter B. abgelöst.

Knalleffekt mit Verzögerung

Klaus Büttner, von 1990 bis 1994 Oberbürgermeister, der die „Kulturstadt Europas 1999“ nach Weimar holte, wollte seinen 45. Geburtstag am 26. Mai 1994 kurz vor der Kommunalwahl mit einer mediengerechten Inszenierung begehen: mit der Sprengung des durch Industriestillegung und Heizungsumstellung überflüssig gewordenen 170-m-Schornsteines des Weimar-Werks. Ein Krach zerfetzte in der Tat die Trommelfelle der Zuschauer, eine pilzförmige Rauchwolke erhob sich, die Esse jedoch, verhaßtes Relikt des abgewickelten Industriestandortes Weimar, blieb ungerührt stehen.

Ein Tag später fiel der Schornstein beim zweiten Versuch, drei Wochen später verlor Büttner die Wahl.

Quellen- und Literaturverzeichnis

Almanach des Deutschen Nationaltheaters Weimar 1925. Weimar 1925

Auburtin, Victor: Bescheiden steht am Straßenrand, Feuilletons und Geschichten. Berlin 1982

Bartels, Adolf: Chronik des Weimarischen Hoftheaters 1817–1907. Weimar 1908

Bartels, Adolf: Weimar und die deutsche Kultur. Weimar 1921

Bechstein, Karl: Der Marktplatz zu Weimar. Weimar o. J. (1921)

Braun, Lily: Im Schatten der Titanen. Berlin o. J. (um 1929)

Deneke, Toni: Das Fräulein Göchhausen. Weimar 1958

Der falsche Prinz, Leben und Abenteuer von Harry Domela. Berlin 1983

Die Grille, Anekdoten von bildenden Künstlern aus dem 19. Jahrhundert bis zur Gegenwart. Berlin 1977

Doepler, Carl Emil der Ältere: 75 Jahre Leben, Schaffen, Streben. Eines Malermannes letzte Skizze. Berlin und Leipzig 1900

Eckermann, Johann Peter: Gespräche mit Goethe in den letzten Jahren seines Lebens, Band I. Leipzig 1908

Fink, Fritz: Der Herderplatz und seine Geschichte. Weimar 1931

Genast, Eduard: Aus dem Tagebuche eines alten Schauspielers, Erster Teil. Leipzig 1862

Genast, Eduard: Aus dem Tagebuche eines alten Schauspielers, Vierter Teil. Leipzig 1866

Goethe in vertraulichen Briefen seiner Zeitgenossen, Band II. Berlin 1979

Goetz, Wolfgang: Der Herr Geheime Rath. Berlin 1941

Goldschmidt, Rudolf H.: Der kluge Zeitgenosse, Aus dem Irrgarten der deutschen Klassik. Heidelberg 1930

Gottschalg, Alexander Wilhelm: Franz Liszt in Weimar in seinen letzten Lebensjahren. Berlin 1910

Gräbner, Karl: Die Großherzogliche Haupt- und Residenzstadt Weimar. Erfurt 1830

Guthke, Karl S.: Letzte Worte. München 1990

Hecker, Jutta: Wunder des Worts. Leben im Banne Goethes. Berlin 1989

Hennig, Werner: Zwischen Götterspeise und Ochsenmenuett, Musikeranekdoten. Berlin 1973
Holtei, Karl v.: Goethe und sein Sohn. Hamburg 1924
Huschke, Wolfram: Musik im klassischen und nachklassischen Weimar 1756–1861. Weimar 1982
Huth, Franz: Aus dem Skizzenbuch meines Lebens, Begegnungen und Begebenheiten. Selbstverlag o.J.
Köhler, Karl-Heinz: Erschallet ihr Lieder, erklinget ihr Saiten. Von denen Hofmusici zur Weimarischen Staatskapelle. Weimar 1987
Krackow, Charlotte: Erinnerungen. Weimar 1917
Kuhn, Karl: Aus dem alten Weimar. Wiesbaden 1905
Lebende Karpfen, auch geteilt. Ein Kunterbunt des unfreiwilligen Humors. Berlin 1973
Ludwig, August: Schnärzchen und Schnurren. Weimar o. J. (1928)
Ludwig, August: Zöppelkuchen und andere Thüringer Speise. Jena o. J. (um 1930)
Müller, Eduard J. L.: Weimar, ein Gedenkbuch. Weimar 1902
Ostwald, Hans: Der Urberliner. Berlin o. J. (um 1925)
Preller, Friedrich der Jüngere: Eine Künstlerjugend. Weimar 1930
Redslob, Edwin: Ein Jahrhundert verklingt. Breslau 1935
Rosin´ski, Ernest (Herausgeber): Große Leute in kleinen Anekdoten. Warschau 1974
Rückert, Joseph: Bemerkungen über Weimar. Weimar 1969
Scheidig, Walther: Die Geschichte der Weimarer Malerschule 1860–1900. Weimar 1971
Schellenberg, Ernst Ludwig: Besinnliches Weimar. Gotha 1942
Schöll, Adolf: Carl-August-Büchlein. Weimar 1857
Schorn, Adelheid v.: Das nachklassische Weimar unter der Regierungszeit Karl Friedrichs und Maria Paulownas. Weimar 1911
Schorn, Adelheid v.: Das nachklassische Weimar, Zweiter Teil: Unter der Regierungszeit von Karl Alexander und Sophie. Weimar 1912
Schorn, Adelheid v.: Zwei Menschenalter. Stuttgart 1913
Schrickel, Leonhard: Das historische Gasthaus zum Weißen Schwan in Weimar. Weimar 1929
Stahr, Adolf: Weimar und Jena, Erster Band. Berlin 1871
Strauss, Richard: Dokumente (Aufsätze, Aufzeichnungen, Vorworte, Reden, Briefe). Leipzig 1980

Voelcker, Bruno: Franz Liszt, der große Mensch. Weimar 1955
Waas, Emil (Herausgeber): Erwarte Näheres unter vier Buchstaben, Kleinanzeigen und Pressenotizen der Jahrhundertwende. München 1969
„Weimarisches Wochenblatt aufs Jahr 1816“ sowie Ausgaben der „Weimarischen Zeitung“, der „Allgemeinen Thüringischen Landeszeitung Deutschland“, der „Thüringischen Landeszeitung“, der „Jenaischen Zeitung“, der „Berliner Illustrirten Zeitung“ sowie der „Jugend“.
Vielen Weimarern schulde ich Dank für mündliche Auskünfte, stellvertretend für andere seien Ernst Schäfer und Martin Zehner genannt.